U0080751
04

本作主角，一名普通的大學生，個性有點優柔寡斷，
但內心充滿正義感。因為一起踩破魔法師結界的意外，
認識漂亮美眉藤原綾後，被挖掘加入魔法界，
自此脫離平凡的宅男生活，邁向神奇刺激的魔法師修行之旅。

阿宅男主人公 **陳佐維**

一旦開啟開關就停不下來慕容雪

「道家．黃老道派」現今掌門人．建成仙人李永然的關門大弟子，
總愛穿著高中制服斬妖除魔。
從小跟陳佐維穿同一條褲子長大，兩人的個性和興趣相仿，
甚至說話的方式和吐槽的時機、語氣也很類似，
根本就是女性版陳佐維！

本作的女主角，從小生長在魔法世家，是魔法界的小公主。
她個性霸道很有主見，很注重自己的形象與穿著，
對於魔法界的知識常識也很清楚了解。
因為想要自創結社而接受審核，
卻在考試時意外碰上了陳佐維，兩人的故事就此展開。

傲嬌正牌(?)女主角 藤原綾

韓系美少女韓太妍

韓國魔法結社【大宇宙】的新任副社長，
個性活潑、身材姣好，跟藤原綾是從小到大的宿敵，
兩人從魔法學習比到結社事業~~比到身材~~，
總有辦法一見面就鬥得不可開交。
為了不輸給藤原綾，最新目標鎖定是陳佐維？

實際年齡不詳，目測約十三、十四歲。
【祖靈之界】裡督瑪族酋長的獨生女，督瑪族的公主。
個性善良且堅強，會照顧弱小的族人。
她肩負國仇家恨，從【祖靈之界】跑到臺中尋找
神劍傳人陳佐維的下落，但初登場時卻是⋯⋯

賣萌不要錢之督瑪公主

公孫靜

在【天地之間】裡專門負責看守神劍「軒轅劍」封印的「侍劍」，是個沉默寡言、冰清玉潔的女孩。對於自己身負的家族責任，相當重視。

藤原美惠子

日本人，非常寵溺女兒藤原綾。是個很有氣質的優雅女人，試圖振作積弱已久的東方魔法界。

李永然

當代道家唯一「地仙」級的半仙神人，藤原美惠子的前夫、藤原綾的生父。個性淡薄名利、隨遇而安，做事情的最高指導原則是道家的「無為而治」。

J

【組織】的最高統帥，人稱「不使用魔法的魔法師」的大會長。

貝兒·伊雷格

薩滿教派的教祖·大薩滿，年僅十五歲。為了調查「星球最深層的恐懼」而來到臺灣。是個環保狂熱分子，急公好義，做事情非常認真，同時伴隨永無止境的碎碎唸。

督瑪酋長

督瑪公主的父親，薩滿文化信仰中自然神靈的代表之一。他個性溫和、愛好自然和平，過去曾被黑龍迷惑心神，要妻女將陳佐維拐到【祖靈之界】。

狐仙娘娘

千年以前就存在於世上，此時的外貌是個風姿綽約的美婦人，說話的口氣非常溫柔。似乎與幾千年前的陳佐維有關係？

魔法師目錄

INDEX

NO.START

来自西方

英國格林威治皇家自治市——

這裡是經度零度線所經過的區域中，最著名的地方。而這裡之所以聞名於世，是因為這裡有一座象徵「全世界時區的起點」的皇家天文臺。從天文臺東邊走過去，便是東經的開始；從西邊走過去，便是西經的開始。

而另一個不為人知的秘密結社，它的大辦公室也在這裡，象徵著這個秘密結社的大公無私、公正公開公平。該結社選擇此處作為大辦公室的所在，表達自己絕對不會偏袒東方、西方。

這個秘密結社，便是所有魔法師共同組成的世界最大公會——【組織】。

沒錯，【組織】的大辦公室，便是位在英國的格林威治皇家自治市裡。

這天下午，一名穿著老舊但乾淨的襯衫、牛仔褲，把金色的秀髮綁做雙馬尾，揹著一個破舊旅人背包的年輕女孩，走進了大辦公室所在的大樓。

雖然說這棟大樓是魔法師世界最高等級的指揮中心，但外觀看起來卻是非常老舊的傳統英式建築，普通人走進去根本不會發現這裡就是傳說中的【組織】大辦公室，那是要熟知門路的人，才會看見的秘密通道。

女孩走到櫃檯，踮起腳尖，輕輕的用手指扣了扣桌面，敲醒了正在打盹的警衛。

「唔……」警衛睡眼惺忪的睜開雙眼，意興闌珊的詢問：「請問有什麼事情嗎？」

「您好，我是貝兒。貝兒．伊雷格。我有事情要求見大會長，麻煩您幫忙通報一下。」

當然，他們的對話都是用英文。但因為導演怕有讀者英文太差看不懂，所以很貼心的幫各位都翻譯成中文，大家就不用太感謝導演了。

「大會長……妳等等。」警衛聳聳肩，一邊打呵欠，一邊翻開了今天的行事曆。

當然，是「特別版本」的那一本行事曆。

他在上面找了一下子，便將行事曆闔上，搖搖頭說：「很抱歉，這位年輕可愛的小姐，會客名單上面並沒有妳的名字喔！想見大會長，我建議妳可以現在先預約，半年後再來問問看。」

「這很緊急。」

自稱「貝兒・伊雷格」的年輕女孩被拒絕了，臉上的表情依舊保持著充滿活力的微笑，一點氣餒的樣子都看不出來。她笑著向警衛說：「麻煩您幫我撥打專用電話，我是大薩滿，分機號碼是○○××○×，暗碼是○○××○○×○。」

聽見這兩串數字，那警衛精神都來了。他雖然在這邊工作並不久，但是之前學長傳達下來的警衛守則裡面有提到，每個傳說中的「大魔法師」，都擁有一個專屬於自己和大會長之間的個人分機，方便大會長管理這些大魔法師、以及讓大魔法師可以聯絡大會長。

但這只是傳說中的分機號碼，警衛在這裡幹了這麼久，還是第一次聽到有人真的會使用這個號碼。

「是！請大薩滿小姐稍後片刻，我立刻幫您聯絡。」

「那就麻煩您了。」貝兒依舊有禮貌的笑著。

分機號碼一撥打上去，很快就直接接通到【組織】大會長的個人辦公室裡的分機。警衛向他說明原委後，便親自走出櫃檯，領著貝兒往旁邊的牆壁走去。

「喔，您還是回去忙您的事情吧！」貝兒搖搖頭，說：「這兒我很常來，不至於迷路的。謝謝您的幫忙！」

說完，貝兒便自己走到牆壁邊，伸出手掌輕輕貼在牆面上。

這堵牆，其實是個障眼法。當具有魔力的人用手掌貼在牆面上的時候，牆上的封印法術便會自動判斷魔力高低，然後解除障眼法，顯露出後面那扇隱藏著的電梯門。

搭乘電梯，貝兒來到「不存在的樓層」，踏出電梯門，她才終於真正的進到了【組織】的大辦公室裡。

看著每個西裝筆挺的【組織】人員忙碌的不停在各個部門間穿梭來回，貝兒不禁皺起了眉頭，因為她發現這裡所有的人員手中都是厚厚一沓文件——這耗紙量也太大了吧？身為一個愛好自然的薩滿，她還雞婆的跑去檢查垃圾有沒有仔細分類，並且訓斥了那些拿著免洗紙杯在泡咖啡休息聊天的員工。

等她把這些雜事處理完畢，才走向大會長的個人辦公室。

大會長辦公室是一間兩面採光，可以鳥瞰街景的好位置。書櫃裡擺滿了古今中外所有的魔法經典。古今中外的書籍，自東至西，由淺入深，應有盡有，可以說是一間小型規模的禁書圖書館。

而辦公桌上，滿滿是等候會長簽名的各種報表、檔案、文件，堆得是一點空間都找不到。但從檯燈下面還擺著一隻日本動漫美少女公仔看來，這個大會長似乎還有一點點御宅的興趣。

大會長西裝筆挺的躺在辦公椅上，輕輕的把眼鏡拿下，揉了揉有點疲的眼睛。身高一百九十公分，沒啥運動的身材略顯瘦弱，永遠不消退的黑眼圈讓他看起來像是好幾天沒有睡過覺一樣，但那雙永遠銳利的眼眸，又讓人覺得他無時不精神飽滿。

這，就是【組織】的大會長，人稱「不使用魔法的魔法師‧J」。

貝兒敲了敲門之後，打開門走了進來，第一眼就看到桌面上那滿滿一堆的文件，她有點不高興的說：「大會長！說過多少次了！【組織】要是有需要影印文件的話，盡量使用回收紙嘛！或者印兩面！每次都這麼浪費，地球的樹木都快被砍完啦！貝兒真的會很難過的。」

「……所以，妳這次跑回來找我，就是為了要跟我講這個？」大會長皺眉回道。

「當然不是，只是看到這裡這般浪費的情況，身為一個無時無刻不在為地球奔走的薩滿，實在感到非常的心痛。想到森林正在被砍伐，溫室效應日漸嚴重，地球元素虛弱的求救聲聽在貝兒耳裡，都不斷在提醒貝兒，人類的罪孽有多深。」

聽到貝兒一出現便長篇大論那些永遠不會改變立場的環保論調，大會長顯得非常頭疼及難過，於是他立刻說：「好好好！我會立刻要求【組織】所有成員，從此刻開始，只要用到紙張都必須使用再生紙，影印也都要印雙面，行了吧？」

「嗯。」貝兒滿意的點點頭，說：「不是貝兒囉嗦，實在是因為這些不必要的浪費太多……」

只怕貝兒一開口便沒完沒了，大會長趕緊自己搶先說話：「所以妳這次回來到底是要跟我說些什麼？」

「喔！對！貝兒實在太難過，差點就忘記自己來這裡的目的了。」貝兒搖搖頭，嘆了口氣。她臉上露出擔憂的表情，對大會長說：「大會長，難道您都沒有注意到，這顆星球正在害怕著？」

貝兒終於肯回到正題，大會長感動得眼淚都快要流了出來，他立刻正襟危坐，表達自己對這個話題的重視。但他還是先搖搖頭，說：「這個……我倒是沒有聽說過。」

「大會長是真的沒有聽說過，抑或者是，不願意告訴貝兒？」

面對貝兒的質疑，大會長用右手撫著下巴沉思。

片晌，他才像是想到什麼似的，說：「有，似乎我手底下的幾個薩滿有跟我提過類似的話題，他們有針對這條線去做個調查。但查出什麼我倒是不清楚，妳可以去向他們調資料。」

「那倒不必，既然是薩滿同胞，貝兒自有辦法得知他們調查的結果。」

說完，貝兒便自己在大會長的辦公室裡找了處角落，閉起雙眼打坐。

看貝兒跑去打坐，大會長稍稍鬆了口氣，結果他才正想繼續工作時，這丫頭竟然睜開眼睛又站了起來。這期間還不知道有沒有超過一分鐘啊！

「大會長，貝兒有事情想要麻煩您。」

「呃，請說。」

其實大會長的內心正在吶喊著：妳自己本身的存在就是一個麻煩啊！雖然妳長得真的很可愛，但是妳的個性實在太令人不敢恭維了啊！

貝兒笑了笑，對大會長說：「貝兒會在這兩天動身前往東方。據傳說，這次的事件有很大的關鍵是發生在臺灣的【祖靈之界】。貝兒與【祖靈之界】私交甚篤、關係良好，但還是希望大會長能幫忙貝兒，先知會一下現任的東方魔法界會長．藤原美惠子小姐，方便貝兒處理事情。」

「這有什麼問題！」大會長點點頭，說：「我馬上就幫妳聯絡美惠子！我還可以馬上幫妳訂機票！妳快點去吧！」

「謝謝大會長！貝兒最喜歡您啦！」

於是，為了要調查這顆星球正在害怕的事情的真相，來自西方魔法界的大薩滿——貝兒．伊雷格，便在大會長．J的幫忙之下，順利的來到東方魔法界。

⊕⊕⊕　⊕⊕⊕

「藤原會長，貝兒這次過來臺灣，可能要麻煩您好幾天，真的是很不好意思呢！」

「哪裡的話，能接待【組織】的調查員，我覺得很榮幸。而且本來以為大薩滿會是個七老八十的老人家，想不到是個年紀比我女兒還要小的漂亮女孩，這才叫人意外呢！」

在【組織．東方魔法界】的臺灣分部會長辦公室裡，藤原美惠子和貝兒．伊雷格兩人聊天聊得非常融洽。

美惠子雖然是日本人，但是她的英文能力並不如一般日本人給人的印象那樣差，所以跟貝兒全程使用英語對話，也可以相談甚歡。

美惠子和貝兒交流了東、西方魔法界的一些大事情後，才終於進入主題。

「不知道伊雷格小姐這次特地前來我們東方，是為了調查什麼呢？」

貝兒啜飲著美惠子叫人端上來的紅茶，聽了美惠子的問題後，姿態優雅的放下茶杯，說：「是的，藤原會長。貝兒這次前來臺灣，主要是因為前些日子貝兒在跟四大元素溝通的時候，感覺到元素們正在害怕，害怕這顆星球最深層的恐懼。貝兒跟其他薩滿討論過後，認為在臺灣的【祖靈之界】可能發生了什麼關鍵的事件。於是貝兒便在大會長的幫忙之下，順利來到這裡調查這件事情。」

聽到這裡，美惠子的表情有一點點的細微變化，但如果不仔細看，是看不出來的。

雖然從貝兒說的事情還聽不出來她和她所代表的【組織】高層對於這件事情已經掌握到多少情報，但是美惠子一聽到「這顆星球最深層的恐懼」這句話，就已經聯想到貝兒要調查的事情跟那把不該被拔起來的軒轅劍，以及那把軒轅劍底下封印的黑龍，是絕對脫不了關係。

前些日子，美惠子那個離家出走的老公難得回來一次，還特別過來找她說話，他已經跟她提過拔出軒轅劍會造成什麼樣的影響。從那時候，美惠子就知道這麼大的事情是不可能一直不驚動【組織】高層的，只要【組織】高層介入這件事情，那屬於「始作俑者」的她，也許躲不掉責任。

只是沒想到，這麼快就有人聞訊過來調查了。

「這種事情……我還是第一次聽到。」美惠子說。

「是這樣嗎……唉！貝兒一直以為藤原會長可能會有更詳細的消息才是呢！」貝兒有點失望的說著。

「真是抱歉啊……唉，伊雷格小姐妳也知道，我要處理的事情很多，如果沒有人特別來提醒我的話，是不可能針對什麼事情做調查的……不過妳放心，既然伊雷格小姐今天跟我說了這件事情，那麼，我這邊也會盡全力的配合【組織】的調查。」

「那真是太好了呢！」貝兒臉上漾出開心的笑容，說：「不瞞藤原會長您說，貝兒之前有跟號稱你們東方魔法界道家第一把交椅的建成仙人李永然先生提過這件事情……可是他什麼都不肯跟貝兒講，也不願意幫助貝兒調查，害貝兒難過了一陣子呢！」

哼！還算那個王八蛋有點良心！美惠子心想。

但她同時也在想：這個王八蛋，不是說要去什麼山上修行？竟然還有時間可以跟年輕女孩子討論事情？哼！下次見面非得問清楚不可。

「伊雷格小姐……不如妳先說說妳需要我們這裡幫忙哪些事？」

「啊！也不用幫貝兒什麼，只需要幫貝兒聯絡一下在地的魔法結社，並向他們說明貝兒可能會登門拜訪調查相關情報，希望他們可以配合貝兒的調查就好。其他的事情，貝兒自己會打理好的。」

美惠子看了看貝兒身上的穿著，就點點頭，說：「不用客氣呢……不然我先幫妳安排飯店房間？」

雖然貝兒是遠從英國飛來臺灣，甚至代表【組織】高層過來調查一件對自己很不利的案件的調查員，可是自己若刻意不提供資源則會顯得更有嫌疑；再來，貝兒的穿著看起來不但不像是大薩滿，反而很像貧窮的小魔法師，光看就覺得可憐。在這兩個理由的前提下，美惠子才會主動幫她提供住所。

「那真的是感激不盡！嗚，貝兒真的覺得藤原會長是好人，比大會長和李永然先生都好的大好人，太開心了！」

美惠子尷尬的笑著，心想等她追查到最後得知，要不是因為自己叫那個倒楣鬼把劍拔起來，也不會發生這種事情的「真相」後，不知道又會怎樣看待自己這個「好人」了。

⊕⊕⊕　⊕⊕⊕

告別了美惠子，離開【組織．東方魔法界】臺灣分部後，貝兒拿出地圖，走向美惠子幫她安排的飯店。雖然她說不需要這麼奢華，但美惠子還是替她安排了五星級飯店的高級套房。

是的，就是當初【大宇宙結社】成員下榻的那間，與【組織】有合作關係的五星級飯店。

貝兒穿的還是那套很舊但很乾淨的上衣及牛仔短褲，揹著的還是那個破舊的旅人背包，所以她一走進五星級飯店的時候，引來不少人的側目。可一旦那些藐視窮人的眼光聚焦到貝兒的臉上後，又統統變成欣賞美女的視線了。

貝兒並不在乎那些目光，逕自走向櫃檯，向櫃檯人員說了自己的資料。一開始，櫃檯人員並不認為她這樣的人會預定這裡的房間，可是一查，對方不但資料符合，訂房金額已付，還是所費不貲的高級套房，於是馬上換上一副招待有錢人的嘴臉了。

登記完入住手續，貝兒上樓進到自己的套房，便決定不要浪費任何時間，直接進入【祖靈之界】調查事情的真相。

很久以前有提過（詳情請參閱《魔法師與祖靈的怒吼》），要進入【祖靈之界】，除非是死亡才有辦法。但那其實不算是正確的說法，應該要改成：只有靈魂才能夠進入【祖靈之界】。

所以，貝兒想要進入【祖靈之界】，就必須要先讓自己的靈魂離開身體。

於是她走進浴室，將浴缸的出水孔堵上，扭開水龍頭，放滿一缸的冷水。接著她慢慢的走進浴缸裡，慢慢的坐了下來，慢慢的躺了下去。直到水平線浸過自己的肩膀後，貝兒用力的往後一躺！

照道理說，在浴缸裡做這種事情，只會把後腦杓撞在浴缸上，撞得自己頭痛欲裂，撞得自己痛不欲生才對。可是，堂堂大薩滿是不會發生這種搞笑的 NG 片段的！她往後這麼一躺，就神奇的整個人在水中翻了一大圈。而這麼往後一躺的工夫，她竟然已經是躺在一片乾淨的水域之中了！

貝兒睜開眼睛，往水平面浮了上去。當她浮出水面的當下，看著周遭自然、原始的環境，以及聞到那未受汙染的清新空氣，她很清楚的明白自己已經成功的穿越到【祖靈之界】裡了。

上岸之後，貝兒先是控制水元素離開自己的身體、頭髮和衣褲，讓自己恢復下水前的乾爽，才看著天空的夕陽，判斷方位以及她要前往的方向。

不知道是因為她運氣好，還是她的方向感真的強大到太超過了，在太陽完全下山之前，貝兒竟然順利的成功來到那傳說中的「督瑪要塞」。

由於戰爭已經平息，所以原本在要塞門口會有的衛兵，以及那些警戒衛哨站，已經統統都撤哨消失。這座要塞的大門敞開，歡迎每個部落的族群進來跟天生歡樂的督瑪族共度美好時光。

貝兒上次來到這裡的時候，雖然督瑪和利庫勞悟之間的戰爭尚未開打，但兩族之間的

緊張氣氛是相當明顯的。而現今這番和樂融融的和平景象，貝兒更是完全不敢想像。

這次再造訪，除了熟悉，更多了許多意外。

不過，有些事情是會變的，有些事情則沒有變。比方說督瑪酋長的房子，還在那原本的地方。雖然現在已經是和平的時候，但為了表示對酋長的敬意，酋長房子的門口還是擺了兩個衛兵意思意思。

兩個衛兵一看到貝兒朝這邊走過來，便盡忠職守的擋下貝兒，說：「外地人請止步，前方為我族酋長休息的場所，沒什麼事情的話，還請早些離去。」

兩個衛兵所使用的語言是督瑪族的傳統原住民語。但這竟然難不倒貝兒。

貝兒笑了笑，對其中一個衛兵說：「我認得你，你是尤勇，對不對？」

被貝兒這樣說的衛兵眉頭一皺，搖搖頭說：「不……尤勇是我的父親。我是尤金。」

「喔喔！尤金啊！」貝兒點點頭，說：「你都長這麼大啦？上次見你的時候還是個孩子呢！那尤勇人呢？在家享清福嘛？」

尤金愣了一愣，眼眶有些泛紅，說：「父親他……幾個月前才在戰場上英勇戰死……」

乍聞噩耗，貝兒呆了一下，隨即眼眶泛淚，真情流露的拍拍尤金的身子，將自己的祝福與不捨獻上。

就在這個時候，督瑪酋長從屋裡走了出來。他只是想趁著太陽完全下山前逛逛街的，沒想到才踏出家門，就看到門口衛兵跟個金髮少女在那邊手來腳去的。本來想要過去嚇嚇他們開個玩笑，走近一看才發現，那金髮少女竟是自己的故友大薩滿！

督瑪酋長趕緊上前打招呼道：「哎呀！還在想怎麼會有西方人過來拜訪，結果居然是妳呀！小貝兒！」

「酋、酋長伯伯！」

看見督瑪酋長出現，兩個衛兵立刻站好，向他致敬。只有貝兒竟像個孩子一樣，直接撲到酋長身上，抱著他厚實的身體，笑嘻嘻的說：「好久不見了！貝兒很想大家！」

「啊哈哈哈哈！可不是？上次妳來到這兒的時候，是跟著上一任大薩滿一起過來的，那時候還是個孩子啊！一段時間沒見到，妳已經長成個小美人啦！哈哈哈哈～開心開

心！有意思有意思！」

「哪有啊～酋長伯伯說得太超過囉～」貝兒笑容滿面的回應。

「不管啦！今天這麼開心，我們來開個宴會慶祝貝兒來這裡吧！哈哈哈哈哈！」

有客人自遠方來，就一定要先舉辦宴會慶祝，這似乎已經是督瑪族固定會上演的情節了。或許是因為如此，所以督瑪部落準備宴會的速度非常快，太陽才剛下山，馬上要塞最中間的廣場便已經清空，架起熊熊燃燒的營火了。

趁著眾人在準備的時候，貝兒便與督瑪公主在要塞裡逛街、閒聊。

其實貝兒原本是真的想要一來就打聽情報，探聽完就準備離開前往未知的下一站，然而這裡的氣氛太好，感染了永遠馬不停蹄的貝兒。加上貝兒所擁有的上古大薩滿代代相傳的靈魂，不斷的在這裡感受到「家鄉」的溫暖，所以她也放慢了調查的腳步，放鬆自己連日來為了「星球最深層的恐懼」這件事情不斷奔走的身體和心靈。

她已經很久沒有回到【祖靈之界】了，這裡的人們還是一樣的好客、歡樂。但跟之前不同的是，就算之前戰爭還未開打，督瑪要塞裡是根本看不到利庫勞悟族人出現的。而這次再來，竟然可以看到許多利庫勞悟的青少年少女和督瑪族的人聚在一起閒聊。

於是趁著宴會席間，貝兒和督瑪酋長坐在一起吃飯的時候，貝兒便將看到的情況向酋長說了出來。

「貝兒一直以為，利庫勞悟族和督瑪族永遠不可能像現在這樣，和平的坐在一起開宴會呢！」貝兒端著陶碗，喝著督瑪族釀造的蜂蜜小米高粱，笑容滿面的說：「這段時間，兩族酋長想必為了和平這件事情，互相做出很大的讓步。這真是太好了呢！貝兒真心的替兩族感到開心。」

聽到貝兒這樣講，督瑪酋長臉上的表情有些尷尬。

督瑪酋長笑了幾聲，說道：「哈哈……事實上，會有今天的局面，並不只是我跟利庫那傢伙的功勞。說實在的，幾個月前咱們兩族的關係還惡劣到幾乎無法收拾的地步。要不是因為有個外地人的努力，他帶來了創新的思維和作法，不然咱們兩族才不會有今日和樂融融的樣子呢！」

「外地人？」

「是啊！妳沒見到旁邊那裡，有個施工中的東西嗎？布幕底下可是我們即將要竣工的銅像，就是按著那外地人的樣子鑄造的！呵呵……我只能說，雖然那叫做『佐維勇士』的外地人會來到這裡是一個錯誤，不過要不是因為這個錯誤，今天這景象我自己都不敢想像的啦！」

貝兒點點頭，看著那布幕說：「這樣啊！那貝兒還真想見識見識那位佐維勇士，當面向他道謝。」

就在這時候，坐在另一邊的督瑪公主趕緊插嘴說道：「貝兒姐姐只可以跟佐維勇士道謝，可不要想其他的事情喔！」

「其、其他的事情？」貝兒皺眉，反問：「什麼其他的事情？貝兒不知道公主在說什麼耶～」

「吼唷！佐維勇士是我的未婚夫喔！所以到時候妳去跟他道謝的時候，不要因為看他帥氣就想要跟人家搶！哼哼～光是利庫勞悟公主那臭小鬼也喜歡佐維勇士這件事情，我就快被氣死啦！」

貝兒露出無奈的苦笑，而她身邊的督瑪酋長則是嘆一口氣，搖了搖頭，完全不敢表示意見。

宴會結束，貝兒本想直接向酋長詢問她正在追查的事件內容，可是酋長卻表示天色已晚，這裡日出而作、日落而息，有什麼事情明日請早，便拒絕了貝兒的要求。

不過，貝兒並沒有盧酋長一定要讓她今天把事情調查個水落石出。雖然她對大會長的態度有些沒大沒小，但那是因為貝兒和大會長的交情非常好，所以大會長才會一直容忍貝兒的態度，不然其實貝兒一直都是非常的謙恭有禮。尤其這督瑪酋長，更是薩滿文化信仰中自然神靈的代表之一，貝兒當然是不敢造次。

於是，貝兒便在酋長的安排下，留宿此地一晚。

這樣對貝兒也不是壞事，畢竟待在這樣的環境中，對她的魔法系統大有裨益，而且還可以跟自己的小姐妹淘督瑪公主聊天玩樂，一舉數得。

督瑪公主和貝兒，兩位少女年齡相近，貝兒年長公主兩歲，彼此很談得來。什麼心事

都會和對方分享。當然，有關「佐維勇士」的情報，更是在督瑪公主的私心下，被渲染得超過事實十倍不止。

「公主說……那位佐維勇士是什麼繼承者大人？」

「喔喔～佐維他啊，可是傳說中的『軒轅劍』的繼承者喔！嘿嘿～那可是人間最強悍的魔法武器喔！那個時候啊～佐維他揮舞軒轅劍的英姿，真的好帥好帥喔～」

公主在談論佐維勇士的時候，背景幾乎是呈現粉紅色，還有夢幻的泡泡飄出來的狀態。而正是因為今天晚上的這番談話，貝兒心裡更是想要會會這個佐維勇士。

隔天一早，貝兒盥洗完畢後，便來到督瑪酋長的房子。

門口的衛兵已經換班，並不是昨天晚上那兩位。但經過昨天晚上的宴會，大薩滿貝兒的面貌早就深深刻在每個督瑪族人的腦海裡，於是一看到貝兒走過來，不但沒有像昨天晚上一樣阻止，反而還主動的向她敬禮。

走進房子，早有準備的督瑪酋長已經坐在地毯上，等候貝兒的大駕光臨。

「貝兒，妳說這次前來，是為了要向我詢問某些事情。很難想像依妳大薩滿的智慧，竟還能有無法參透的事情。所以我也會知無不談，妳請問吧！」

「嗯！」貝兒點點頭，把事情的原委一一說了出來。

最後，她道出自己此行的目的：「所以，聽說在這邊曾經發生過一件和『這顆星球最深層的恐懼』有關係的事件，貝兒才會前來拜訪。」

「嗯……」督瑪酋長點點頭，有些無奈的笑著說：「呵呵……那我只怕小貝兒妳會對這件事情的真相感到失望了。」

於是，督瑪酋長便將幾個月前在【祖靈之界】所發生的事情始末，詳細的說明給貝兒聽。最後，他幫貝兒做出了結論：「這星球最深層的恐懼，便是那未知的黑龍。就算我們對那來自天外的黑龍一無所知，還是可以清楚了解到黑龍的封印一旦解開，讓牠復甦在這世界上，便會造成世界末日等級的災難。而我們要化解這個災難，唯一能依靠的人便是那『神劍傳人・陳佐維』而已。」

「……只能依靠那個人而已？」

「是的。」督瑪酋長點點頭，說：「這是大主神的旨意。我只能詢問、只能告知，但我沒辦法參與。大主神給我的神諭，是神劍的繼承者將會帶領這顆星球打贏這場勝算很低的仗。而從我自己、我們【祖靈之界】身上發生過的奇蹟來判斷，我相信這道神諭，絕不動搖。」

「嗯！」貝兒點點頭，笑著說：「那麼，貝兒知道了！貝兒會親自去用自己的雙眼和力量確認一下，這位神劍的繼承者是否真的有資格能保護即將毀滅的世界。」

「咦？」聽聞此言，督瑪酋長愣了一下，趕緊問：「妳說什麼？小貝兒，妳可以再說一次嗎？」

「貝兒說，貝兒會用自己的雙眼和力量，給予這位繼承者嚴苛的考驗。」

督瑪酋長趕緊搖搖頭，說：「所以我一開始才說了，得知真相之後，貝兒妳可能會失望啊！這位佐維勇士呢……說實在的，除了在某些時候會有超乎常人的力量，但平常的他不要說是高強了，就是能不能讓人靠得住，都令人存疑啊！」

「所以，貝兒會親自確認。」貝兒再三強調，並追加說明道：「如果這個繼承者沒有辦法通過貝兒的測驗，得到貝兒的認可……或者該說，假如他連貝兒都無法擊敗，那麼貝兒實在很難相信這樣的人能夠解決即將到來的地球危機。」

「所以，到時候貝兒會殺死這個不合格的繼承者，然後再另覓人選。」

這個時候，一個強壯的身影突然從門外闖了進來。他大吼一聲，對著貝兒說：「誰想傷害佐維勇士，都必須先經過我這關！」

這強壯的勇士不是別人，正是那超挺陳佐維的督瑪 BL 戰神！

酋長皺眉，對 BL 戰神說：「戰神！不可以這樣對貝兒說話！」

貝兒聳聳肩，面帶微笑的說：「沒關係的，總之貝兒心意已決。假如這位年輕人想試著阻止貝兒，那你可以現在出手試試看。」

貝兒並沒有挑釁的意思，她的語氣很平淡，完全只是平鋪直述、輕描淡寫的說著。但聽在直線條思考的 BL 戰神耳裡，這就是一句挑釁。於是他大吼一聲，四肢著地，用盡全身的爆發力，朝著貝兒撞了過去！

要知道，貝兒雖然是西方美眉，但她並不像一般人所認為的那樣高頭大馬。事實上，

她身材比較修長，可是跟BL戰神那超過兩百公分的黑熊身材相比，根本就是小孩子。假如BL戰神真的撞了上去，那貝兒不死可能也會重傷。

對，假如真的撞了上去。

但是BL戰神並沒有撞到貝兒。

BL戰神撞在貝兒面前一堵看不見的空氣牆上，撞得自己七葷八素的。

接著，貝兒輕輕的用左手一揮，受她控制的「空氣元素」便引發了一股只針對BL戰神而去的狂風，把他狠狠的颳出房子外面，卻沒有對房子本身，甚至是對門口衛兵造成任何的傷害。

力量之強、操控之精準，在不用唸咒語、結手印、使用魔法道具輔助的情況之下，完全顯示出貝兒在薩滿魔法上造詣之恐怖！

這是當然的。

大薩滿這三個字的分量可不簡單。貝兒她雖然年紀很輕，但大薩滿的靈魂卻是從幾百年前便繼承下來的。

貝兒．伊雷格，是西方魔法界中，薩滿魔法教派的「教祖」。

輕描淡寫間擊敗了BL戰神，貝兒並沒有露出驕傲的表情。她看起來就跟一般日常生活一樣，完全無異。

「小貝兒啊……那個，妳可別太衝動啊！」督瑪酋長趕緊出面緩頰，說：「雖、雖然那陳佐維現在是不合格的……但我可是很看好他，我知道他有那個潛力……」

「但是時間快不夠了。」貝兒回頭，嫣然一笑，說：「酋長您也很清楚，這顆星球的時間快不夠了，對吧？」

無法反駁。

於公於私，督瑪酋長再怎麼想幫陳佐維說話，這句「星球的時間快不夠了」，他真的沒辦法反駁。他只能點點頭，悶不吭聲的同意貝兒的話。

「況且，假如那位佐維勇士真的如酋長所說，是大主神旨意下的指定人選，那麼酋長又何必替他擔心？」貝兒笑著說：「就當作貝兒在幫大主神篩選人選吧！酋長，感謝您昨晚的款待，這裡就跟貝兒的家鄉一樣。所以囉~可不可以稍微包容一下貝兒這次的小任性

呢？」

說完，貝兒就邁開步伐，離開了酋長的小屋。

看著貝兒離去的背影，酋長內心其實還是很擔心。就算他相信陳佐維是大主神挑中的人，但貝兒的話也不是在開玩笑。他只能趕緊向大主神祈禱，希望祂能保佑陳佐維度過這次的難關。

……希望是如此啦……

NO.001

正所謂歡樂的時光過得特別快！

隨著時間的不斷推移，季節不停的更迭，現在已經進入了代表年底的十一月份，季節也從炎炎夏日轉變為楓葉紅了的涼爽秋季。

雖然說近年來，由於溫室效應、聖嬰現象、臭氧層破洞或者其他我聽過但現在也忘記所以說不出來的各種現象影響，秋季已經不若往年那般涼爽到甚至偏寒的感覺。總是熱到讓人懷疑秋天已經在不知不覺中自己從四季的輪替工作表上消失，以後的小孩子搞不好會完全不懂《唐伯虎點秋香》裡的秋香姐，到底憑什麼可以排在春香、夏香和冬香中間了。

但今年的秋天並非如此，並沒有擺爛給大家看，而是不讓眾人失望的，給了大家一個帶著寒意的深秋。

隨著第一波冷氣團來襲，各種驅寒保暖的秘笈、偏方、大補帖也跟著出爐。什麼發熱衣發浪衣暖暖包暖暖褲，什麼麻辣火鍋小火鍋酸菜白肉鍋不鏽鋼鍋陶瓷鍋，統統引領著一波又一波的人潮去添購、食用。

想當然，在這種偏寒的氣溫下，能夠在熱熱的溫泉中入浴，欣賞美景、享用美食，是

最爽的人間享受了。因此，在氣溫和股票走勢圖一樣不斷節節敗退，終於失守十六度C的時候，溫泉區業者的生意和來這裡的觀光遊客人數，也跟著不斷步步高升。

在這種時候，除了超級吸睛、少見的超級跑車以外，普通的進口高級車並不會特別引人注目，因為實在是常見的讓人誤認為臺灣目前的景氣非常良好。

但眼前這輛 BMW 並不一樣。

看似尋常普通的 BMW 最頂級的大7房車停在溫泉街入口處。不過，引人注意的並不是車子本身，而是從後座走下車來的三個乘客。

首先登場亮相的是來自韓國【大宇宙結社】的社長千金，身兼【大宇宙】副社長以及我們【神劍除靈事務所結社】董事長職位的超級美女．韓太妍。

韓太妍今天穿著一件灰色的雙排釦刷毛帽子外套，內搭米色上衣，以及一件可以將她的美腿曲線展露無疑的緊身牛仔褲和低調的黑色高跟鞋，手拿著招牌黑色摺扇，染成茶色的波浪捲髮搭配清淡優雅又充滿氣質的妝容，就連我都懷疑她根本在韓國可能是個小模特兒，而不是個魔法師。走在路上，這路人的回頭指數高達百分之百。

跟在韓太妍身後下車的是我們【神劍除靈事務所】的社長，也是【組織・東方魔法界】會長的獨生女・藤原綾。

愛穿洋裝的藤原綾，今天依然是不怕嚴寒的穿著粉紅色連身洋裝，外搭純白色毛線小外套、可愛的粉紅色雪靴。雖然和她平常總是深色、黑色系的打扮有所不同，但本來就走可愛路線的藤原綾，穿上粉色系服飾與佩件，更是能將她可愛的特質放大兩百倍左右。路上男人經過她身邊的時候，十個有十一個會回頭來看啊！

這兩個女孩，一個充滿氣質又兼具性感的成熟魅力，另一個走可愛活潑的學生青春路線，風格相左，而站在一起又讓人不得不發出對美麗的讚嘆之語。光是這樣，就足夠成為路人注目的理由。

但事實上，最惹人注意的，反而是夾在兩個美女中間的……

自以為很像是金城武其實根本很路人的超普通男人但又跟著兩個美女一起從名貴轎車後座下來感覺好像是因為超有錢所以才會一次帶兩個妹出來逛街可是事實上根本不是這樣的本人小弟我了。

真的，我建議上面那一大段在閱讀前要先深深吸氣，以免因為氣不夠長而窒息，到時候鬧上新聞，那就真的太北七了。

我的名字叫做「陳佐維」，是個在臺中東海大學唸書的大學生。除此之外，我還有一個不為人知的真實身分——我是一個現代魔法師。而且不但是個魔法師，我還是我們【神劍除靈事務所】的副社長，更是傳說中的神劍・軒轅劍的繼承者。

我們結社在經歷了許多大小事件之後，成員也終於從原本只有社長和副社長兼打雜的兩位成員，擴編到如今的二點五個成員。

沒錯，除了我以外，另外一個成員自然是剛才介紹過的藤原綾。而那「點五個」的成員，便是韓太妍了。

為什麼韓太妍只能算是半個呢？

韓太妍她掛名的頭銜是我們結社的投資者董事長，其實本來只需要在韓國等我們定期向她報告結社情況就好了，但因為某個很特殊的理由，所以她選擇留在臺灣，住進我們結社的所在，然後跟著我們結社一起行動。

感覺好像是我們結社的成員，但其實不是，這就是為什麼我只把她算成半個的原因。

而韓太妍留在臺灣的「特殊理由」，非常令人覺得意外。尤其是我，我根本想不透為什麼會這樣！

因為韓太妍說她看上我了，要留在臺灣追我啊！

大家看到這句話千萬要冷靜，千萬不要摔書然後想：馬的，為什麼啊！為什麼我長這麼帥卻沒有女朋友，你陳佐維啥都沒做就有韓國妹要來倒追你？

或者是更偏激一點的把書撕毀後寄給導演要恐嚇他，千萬不要這麼做啊！

因為這些問題我自己都很想問啊！

這一個月來——喔對了，這邊一直沒有提，這個故事的開始跟上一篇《魔法師的傀儡之舞》的結束，差不多間隔快要一個月——自從韓太妍硬是要搬進我們家開始，我平靜美好的生活就有了一百四十五度的轉變。

韓太妍說要追我，無疑是在向那個整天老是對外宣稱「陳佐維是我男朋友喔齁齁齁齁

呵呵呵呵～」的藤原綾宣戰，而偏偏這兩個女的又是從小對抗到大的宿敵，所以一天下來，韓太妍藉由調戲我然後逼得藤原綾暴走接著揍我一頓的戲碼，幾乎是每兩個小時就會上演一次。

我都快數不清這一個月下來，我被藤原綾揍的次數有多少，打得有多慘了啊！

最可怕的事情是，我覺得韓太妍與其說是在追我，他媽的不如說她是在玩我啊！

她對我的調戲、溫柔或者各種莫名其妙的攻勢，除了是對我好以外，我覺得很大的目的根本就只是在「用我來挑釁藤原綾」而已。所以我才說她留在臺灣的動機非常特殊，因為我覺得她根本就是說錯了，她應該要說「我看上了陳佐維，因為我只要利用陳佐維就可以順利打擊藤原綾喔！」才對吧？

喔對了，可能會有人問我，為什麼人家都是一百八十度的轉變，我只有轉了一百四十五度，感覺好像很虛弱？

我只是想說，撇開韓太妍不提，從我認識藤原綾以後，我的人生早就已經有了三十五度的偏差……

總、總之啊！我只是想說，你們不要以為我跟兩個超級無敵青春美少女同居真的有過得這麼爽啊！除了每天回家都會有女孩子嗲聲嗲氣——喔對了，大概是意識到韓太妍來勢洶洶吧，藤原綾對我好的比例似乎也有了調整——的跟你用各國語言說你回來啦、吃飯的時候會有女孩子要你餵她或者主動餵你、偶爾會看到她們穿得超級清涼的在你面前晃來晃去以外……

根本沒有好處啊啊啊啊啊啊啊！

咳咳，扯遠了。

總之，我們結社今天是來到這個溫泉區了，但不是來這裡玩或者泡溫泉的。事實上，我們是來這邊工作的！而這也是我們結社這一個月來，接下的第一個任務。

嗯，對，第一個任務。

雖然我們結社的破產危機已經在和【大宇宙】簽約結盟投資下度過，可以繼續過著揮霍無度、揮金如土的生活，但說到底，當初【大宇宙】把錢拿給我們所用的名目可是「投資」，而不是送錢。

身為一個投資者，絕對不會希望自己的資金投下去跟投進水溝一樣。更何況投給我們比投進水溝還慘！因為你投進水溝起碼還可以聽到撲通一聲，但你投給我們，這一個月來在董事長韓太妍的有心包庇之下，我們連個招呼都還沒跟上層打過啊啊啊啊啊！

於是，我們的投資者【大宇宙】就怒了啊！

當初合約簽好，白紙黑字寫得清清楚楚，聲明他們會給我們多少資金，而我們就必須要交給他們多少任務量。結果一個月過去，我們結社只在吃喝玩樂，根本什麼事情都沒有做啊！

因此，結社高層就跟韓太妍下最後通牒，說要是我們再不趕快交出成績來，他們也不會再礙於韓太妍的面子，一定會跟我們結社解約！

所以，這就是我們出現在這邊的原因。

「我說，妳還真敢說自己是大結社的副社長啊～太妍。」

才剛下車，藤原綾就不屑的對著韓太妍閒言閒語說：「今天我們來這裡是來解決任務的，並不是來玩的！逛街？公私分明都搞不清楚嗎妳？」

面對藤原綾的閒言閒語，韓太妍則是笑容滿面的回應說：「人家第一次來這兒嘛～逛逛不行嗎？要不然……妳自己先去找任務委託主，把任務內容搞清楚了，最好順便自己解決掉。我跟佐維哥留在這邊逛街泡溫泉好了！你說好不好啊？佐維哥？」

兩個女人抬槓的時候，韓太妍總是會突然把火種扔到我身上來，這一招在這個月內屢屢出現，但我每次都招架不住。因為韓太妍把火苗扔向我的時候，聲音會變嗲、動作會變親暱啊！

說實在話，要不是她中文真的太爛，我早就被她拐走失身了啊！

「呃這……」

我看了看突然勾住我的手、不管用哪角度看都會覺得她應該是我女朋友的韓太妍，又看著站在另外一邊，雙手交叉在發育失敗的胸前、表情顯示出她的怒氣指數正在不斷上升的藤原綾，飛快的腦袋運轉速度讓我在零點幾秒內就說出了正確的答案：「我、我是覺得先去解決任務……畢、畢竟有任務在身嘛……」

看我說出正確解答，藤原綾的憤怒似乎獲得短暫的紓解。

但韓太妍仍不死心，拉著我的手甩來甩去的，嘟著嘴用很失望的作弊表情看著我，嗲聲嗲氣的說：「可是……佐維哥就都不想跟人家一起逛逛嗎……人家從韓國來到臺灣都還沒有好好出來走走呢～」

就好像我看到藤原綾哭哭，不管是真的哭哭還是假的哭哭，我都會心軟一樣。韓太妍只要使出大絕招「人家第一次來臺灣，想要多去幾個地方走走嘛～」，搭配此時這個失望的表情、嗲聲嗲氣的音調，我就會心軟然後答應她一大堆有的沒有的事情。

這一個月來，舉凡她要求我帶她去學校裡面逛校園、打籃球、逛學校周邊商圈，跑去逢甲、一中街逛夜市，跑去各大百貨公司逛週年慶年中慶雙十國慶，跑去大●園打保齡球、湯●熊打電動，點點點圈圈圈叉叉叉某某某的各式各樣的活動，不管是上山下海飛天遁地，只要韓太妍施展出這招，我就沒有別的答案，只有……

「呃……想啊！不是啦！我、我是說，那個，哎呀！」

「碰！」

才剛回答錯誤的答案，藤原綾馬上給我一記鐵拳加以制裁，一拳把我揍倒在地上。

……真是美好的一天。

⊕⊕⊕　　⊕⊕⊕

最後還是順了韓太妍的意思，先在這個難得來一次的溫泉街逛逛——說實在的，我自己也是第一次來。畢竟跟委託人是約今天下午，卻沒說下午幾點，下午一點半和下午六點都是下午啊！

當然，藤原綾也臭著一張臉拉我過去。

就這樣，用兩個女孩把一個男孩夾在中間的奇怪狀態，三人四腳的逛了一個下午。

買了一些其實到哪都可以買得到的紀念品，吃了一些溫泉小吃，像是溫泉蛋還有溫泉蛋和溫泉蛋之後，韓太妍才心滿意足，大家終於去見了委託主。

委託主所在的地方是這條溫泉街上的某間溫泉旅館，根據【組織】交給我們的資料表

示，這個委託主是這裡的大財主之一。在這個溫泉區裡，像這樣子規模的溫泉旅館就有好幾間。

我們在櫃檯表明了自己的來意，出示了相關文件證明確有此事後，櫃檯的服務人員領著我們到旁邊的一個小會客室裡面，送上茶水點心，要我們稍作等候，就離開了。

過沒多久，我們這次任務的委託主就出場了。

我原本以為根據那份資料顯示的情報，還有過去幾次跟委託主接觸的經驗，這次的委託主又會是一個中年人，頂多就是看名字我會把她當成是一個阿姨。沒想到的是，這次的委託主竟然是個跟我們年紀差不多的女孩。

當然，我們發現委託主竟然這麼年輕的時候，是有些意外。

但相對於我們的意外，許多委託主在看到我們幾個的外型的當下，會更加的意外，然後就按照慣例的脫口而出：「想不到現在也有這麼年輕的人在當師公的啊！」

就算我們出任務的次數實在不多，但這樣的問題幾乎是每次都會有人問，已經算是固定會上演的劇場了。

想當然，我們家社長又會把我們其實是魔法師不是師公，然後瞎掰一段聽起來好像真的有這麼一回事但其實不是那樣的經歷，說得我們好像很猛的樣子，來把對方唬得一愣一愣的。

「嗯……雖然看幾位的年紀跟穿著，與我所想像的師公有所出入，但聽完藤原社長的介紹之後，看來我似乎是太小看幾位了呢！」委託主笑咪咪的說：「是我失禮了！我是『帝夏水溫泉集團』的負責人，敝姓『東方』。廢話就不多說了，因為今天已經有些晚了，所以我們還是儘快進入正題吧！」

說到「今天已經有些晚了」這句話的時候，藤原綾還用她那殺人犯一樣的目光掃過我和韓太妍兩人。

但我真的很想說，其實妳剛才自己逛街也玩得很開心啊啊啊啊啊！

東方小姐說這次找我們過來要解決的任務地點並不是這裡，而是他們帝夏水溫泉集團最新開發的高級溫泉會館，位置在更深山一點的地方，距離此處大約還要十分鐘左右的車程才能抵達。

由於那間溫泉會館的地點遠離了這條熱鬧的溫泉街，所以在設計上走高級、典雅的路線，就是要給那些有錢沒地方花的大老闆能有個隱密、私人的空間可以放鬆自己。也因此，為了營造上述的那些感覺，當初可是投入了大量的資金在裡面。

然而，在旅館啟用後沒多久，許多怪事就一樁一樁的發生了。

由於怪事實在太多、太籠統，這邊我也懶得一一舉例，因為東方小姐也沒有一一舉例，她只是愁眉苦臉的問我們：「幾位有聽過跟旅館有關的鬼故事嗎？」

聽到這個問題，我們幾個你看看我、我看看你，也不知道該怎樣回答才好。

幸好東方小姐也不是真的要我們回答這個問題，她馬上笑了笑，有些自嘲的說：「不管聽過幾個，在那間旅館裡發生的事情，已經把古今中外所有你聽過或者沒聽過的鬼故事、會發生的怪事，都全包了。什麼都發生過了，根本就是全套組合餐！」

東方小姐說才剛營運沒多久，就有人聽到空氣中傳來陌生人的嘆息聲、沒有人的廁所會自己沖馬桶、蓮蓬頭會自己灑水、三更半夜空無一人的走廊有小孩子在跑步嬉鬧的聲音等等狀況。

原本他們以為這些都還算可以用自然現象來安慰自己，但隨著這些事情越鬧越凶，他們也不得不相信這間旅館是真的在鬧鬼。

也因此，為了不讓自己的資金丟進水溝——怎麼好像在講某個浪費別人資金在吃喝玩樂的結社啊——帝夏水溫泉集團決定快刀斬亂麻，在事情尚未鬧大之前，快速將旅館關閉，對外宣稱緊急整修，並且趕快找高手過來處理那邊的事情。

也剛好，有人向他們推薦了我們【組織】的名字，之後經過中間人牽線，我們結社就來到這裡解決他們的困擾。

「事情的經過就是這樣……價錢都不是問題，只要能幫我們把問題解決了，什麼都好談。」東方小姐面露苦笑，說著。

「這個自然。」藤原綾露出充滿自信的專業笑容，拍拍自己發育不全的胸脯說：「這一切都包在我們身上。不過，在我們開始進行任務之前，我有些問題想要問問東方小姐，還希望妳能照實回答。」

「沒問題，請說。」東方小姐點點頭，很爽快的答應了。

「請問在興建旅館的時候，有沒有遭遇到阻礙？」

東方小姐搖搖頭，說：「我父親他是個很傳統的老派商人，不光是買地前要看好風水，動土前要看日子作法，更是三不五時就請人過來加持，就是希望一切順利。事實上，我們那間新旅館在建造的過程中，一直都很順利，沒有受到任何阻礙。反而是建成之後，這些事情才接二連三的發生。」

「嗯嗯……」藤原綾點點頭，又問：「那，東方小姐妳有沒有聽說那塊地之前是什麼用途？還有，旅館建成之後，鬧鬼事件發生前，這中間你們有沒有不小心觸犯什麼特殊禁忌？」

「啊哈哈哈～」東方小姐搖搖頭笑著，說：「我剛才說啦～我父親是個很老派的商人嘛！這些事情他總是稱作『在別人土地上做生意，先知會人家一聲是很正常的』，所以他都處理得很好。別說是觸犯禁忌了，初一、十五的拜拜更是豐盛的難以置信啊！」

「我想也是，但這只是執行任務前的例行公事罷了。」藤原綾笑了笑，說：「那最後，可以借我看看旅館的平面圖嗎？」

「這沒問題，稍等一下。」

東方小姐說完，就用室內分機要人幫忙把藤原綾要求的東西送來。

雖然我不是專業的看圖人員，但由於這份平面圖繪製的滿清楚的，所以多少我還是能看得出來那間旅館到底是什麼樣子。

平面圖顯示，旅館本身除了接待會館以外，裡面是由十六間獨立別墅組成的。意思就是說，在這裡入住的每位旅客都可以擁有一棟自己的小別墅，內含個人露天湯呂、私人泳池、前庭後院等一般五星級飯店也不見得擁有的享受。果然是超高級私人溫泉會館，住一個晚上的價錢大概可以換算成好幾百份營養午餐。

藤原綾借圖的舉動不是第一次，她一樣很快的在上面找出了五行元素的定位點。標記完成之後，就向東方小姐要求把這張平面圖留在身邊方便她辦案。

而東方小姐也跟許多任務委託主一樣，在藤原綾施展出這招隔空看風水的功夫之後，已經對我們佩服的五體投地，之後我們要做什麼，也都好說好說了。

由於現在剛好是晚餐時段，所以東方小姐就招待我們去這間旅館的自助式餐廳用餐。吃飯的時候，藤原綾突然問我：「死陳佐維，你好歹也跟著我一起解決過許多任務了，說一下你覺得這次有可能是什麼情況吧！」

「啥？我？」我才剛吃一口炒麵，藤原綾突然把這艱鉅的任務交給我，嚇得我差點被炒麵噎到。

藤原綾則是白了我一眼，說：「對啦！難道你以為這問題我還需要問旁邊那女人嗎？你快點回答啊！」

「呃……這個……呃……」我放下餐具，抓抓頭，努力的思考了大約一分鐘之後，很快的舉白旗投降，搖搖頭說：「……我猜不到耶……」

「吼唷！你真的很弱耶！以前我們一起解決過的任務都假的是不是啊你？一點都沒有成長嘛！」

「不、不是啊！妳說的好像很多，事實上我們在一起到現在，也才順利解決過兩個事件啊！其他任務都是失敗的吧！」

這句話一說出來，旁邊安靜吃飯的韓太妍馬上噗哧笑了出來，而我也因為說了不該說的話，挨了藤原綾一拳。

「死陳佐維！也不想想到底是因為誰的關係，才會害我們任務一直失敗的啊？」藤原綾咬牙切齒的瞪了我一眼，然後又去嗆韓太妍說：「妳笑什麼啦？」

「呵呵……」眼看戰火又丟到自己身上，韓太妍搖搖頭，很無奈的說：「唉，也是啦！我是該哭哭才對。想不到我投資的結社，竟然是個只成功解決過兩個任務的破爛結社，我真該為那些丟到水溝裡的資金感到難過呢！」

藤原綾白了韓太妍一眼，然後回頭又給了我一拳。

扁完我之後，藤原綾才終於說了她對這件事情的看法：「死陳佐維，你還記不記得我們曾經接過一個土地公逃跑的任務？」

「喔！嗯。」我點點頭，本來還想要補充說「我記得啊~就是撿到小黑熊那次嘛！」的，但為避免我會因為過度又錯誤的發言而導致生命提早流逝，我決定採取比較保險的敷衍對應法，就是嗯嗯喔喔呵呵先洗澡這樣的敷衍過去。

「你還記得我那時候跟你說了，土地公會逃跑的原因是什麼嗎？」

我點點頭，說：「妳那時候是說因為惡鬼入侵，把土地公打跑了。不過後來我們才發現……嗯，對。」

好險好險，差點又要不小心多嘴了。

「嗯……我認為這次的情況跟那是次有點相像。」

「嗯？」

藤原綾托著下巴，歪著頭看著那張平面圖說：「我覺得，應該是因為有東西入侵了旅館，才會導致事情的發生。」

「……有可能嗎？」我皺眉，問說：「那這東西入侵溫泉旅館要幹嘛啊？天氣太冷想要泡溫泉嗎？」

「我覺得你要是再說一些廢話下去，我真的會克制不了自己的衝動，然後錯手把你殺死耶！」藤原綾再度白我一眼，才說：「從我觀察此處靈脈流動和風水走勢判斷，那間旅館是這個溫泉區最精華的地段。靈氣最旺盛、風水最好的地點就是那間旅館的所在。我認為，就是因為這個關係，所以那個東西想要利用那邊的靈氣和溫泉來修煉自己，才會入侵旅館搞些小動作把人嚇跑的。」

「喔～」我點點頭，裝作恍然大悟的樣子。

「所以我們只需要去現場，把妖怪抓出來打跑，這問題應該就能解決了。」藤原綾簡單的做出結論，然後說：「那麼事不宜遲。死陳佐維，快點把飯吃一吃，我們上山去打怪了！」

「喔喔！」

⊕⊕⊕　⊕⊕⊕

吃完飯，我們結社又坐車往山上走。

越靠近山上，藤原綾越肯定自己的推斷是正確的。她說這邊的靈脈強大到連空氣中都充滿了靈脈的力量，有在修煉魔法的人光是呼吸都能夠增長自己的修為。

「死陳佐維，你等等最好大口大口的呼吸。」藤原綾一邊把車窗打開，一邊說：「看能不能把你那爛得要死的魔力給我練起來啊！」

「是是是～我親愛的社長大人～」我很無奈的回應，然後很用力的呼吸。

我才剛吸兩口還吸不出什麼特別的滋味，不知道會不會因為我多吸這兩口讓我每次考試都考一百？

韓太妍倒是馬上跳出來說話了：「我說小綾啊～妳也別老是嫌棄佐維哥啊～佐維哥很有本事的！上次那個妖怪也是被佐維哥用黑色劍氣解決的啊！」

藤原綾也賞給韓太妍一個白眼，證明她是一個沒有瞳孔的女人，然後才說：「上次那根本就是誤打誤撞成功的！死韓太妍！如果妳是因為這樣所以看上陳佐維的話，本小姐建議妳還是回韓國去吧！這傢伙根本就一點魔法師的樣子也沒有，跟妳想的不一樣啦！」

韓太妍又是呵呵笑的回應：「呵呵呵呵～我都還沒說我喜歡佐維哥哪裡，小綾妳倒是很急著要幫我猜測呢！這麼急著想要趕人家回去，難道真的是怕了我把佐維哥搶走？難怪唷～我還在想為什麼最近妳都改穿粉色系服裝了～想要裝可愛一點來拐騙佐維哥吧？可惜

～妳那糟糕的個性不修正一下，佐維哥可不會喜歡妳的唷！」

「拐、拐騙什麼啊！」藤原綾的臉馬上漲紅，氣急敗壞的說：「妳胡說些什麼！本、本小姐本來就很適合穿粉色系的啊！誰、誰說本小姐會為了死陳佐維穿這樣啊！本小姐愛、愛穿怎樣就穿怎樣啦！哼……」

韓太妍臉上的笑意更盛，看著我搖搖頭說：「呵呵～小綾嘴巴上這樣講，心裡不是這樣想的吧？妳唷～臉都紅了唷～」

「吼唷！神經病！不跟你們說話了啦！白痴！兩個白痴！哼！」

兩個女孩子就這麼莫名其妙的又抬槓了起來。

而我還是很努力的在車窗邊用力呼吸，看能不能吸一吸就讓自己的 MP 上升兩百點。

車子一路上山，沿著地圖和路標的指示走，最後來到一棟並沒有開燈的建築物前。這棟建築物應該就是旅館的接待中心，走日式建築風格，外觀看起來非常氣派，跟我所想像的鬧鬼旅館應該要有的樣子非常不同。

不過後來想想，所謂的鬧鬼旅館應該是什麼樣子，我也不是很清楚，所以就算了。

「嗯……」

才剛下車，藤原綾和韓太妍不約而同的都露出了皺眉的表情。

這讓我沒來由的感到害怕，趕緊問她們：「怎麼了？妳們兩個幹嘛一下車就一臉看到大妖怪的樣子啊？」

「不好對付。」藤原綾簡單的說了這四個字。

要知道，這藤原綾可說是對自己非常有自信到極點的女人。從我認識她到現在，她從來沒有說過「不好對付」這四個字啊！連她都會說這四個字了，就表示這次的妖怪是真的不好對付啊！

韓太妍也收起平常那副嬉皮笑臉的樣子，拿出招牌黑色摺扇，說：「嗯……這妖氣乍看之下很混亂，但事實上又很有規律。不仔細觀察，還真不會發現有股最強大的妖氣在背後主宰這一切……佐維哥，你過來一下好嘛？」

我愣了一下，下意識很自然的轉頭先看看藤原綾，藤原綾沒有表示意見，我才走向韓太妍。雖然說感覺我這樣好像很孬，但我是個愛惜生命的人，所以也沒辦法不尊重藤原綾的意見。

走到韓太妍身邊，她迅速的用扇子往我身上各大要穴都招呼了一下，手法之快之準，幾乎在一瞬間就完成了所有點穴灌氣的動作。

這是韓太妍所學的魔法「天灸道」的最基本應用。

這魔法是結合了日本神道、中國中醫和韓國天神道所創造出來的全新複合式魔法。剛才的舉動，可以讓被施術者，也就是我，在短時間內提升自己包含速度、反應、力量等等的基本能力，在戰鬥中可以發揮更大的優勢。

不過，她不說一聲就往我身上一陣亂插亂捅的，不管來幾次我都覺得很難適應啊！

「呵呵呵呵……好啦！雖然小綾把佐維哥嫌得一無是處，不過有太妍幫忙，佐維哥在戰鬥中一定會無往不利的唷！因為我們才是最佳拍檔啊～」

我抓抓頭，有些尷尬的看著韓太妍傻笑，不知道要說什麼才好。

韓太妍笑了笑，然後問藤原綾說：「小綾，妳要不要也過來讓我幫妳提升妳那低微到

可憐的魔力啊？」

「本小姐要是淪落到需要靠妳幫忙才能作戰的話，我寧願自殺，哼！」藤原綾忿忿不平的說了一句，還不忘記對我說：「死陳佐維！回來了啦！還要站在那邊多久啊？」

「喔、喔！」

我點點頭，提著軒轅劍又回到藤原綾身邊。

其實我們結社已經有了一個下副本推王的基本鐵三角組合了。

所謂的鐵三角組合就是「DD、坦跟奶」，翻成大家都看得懂的白話文就是「攻擊、防禦、輔助」。

從字面上的定義來看，韓太妍不用說，就是負責恢復、輔助的後勤工作，而藤原綾當然是負責攻擊輸出的攻擊者。唯一比較難以定義的就是我了。

照理說我的五行劍法應該也是負責攻擊路線，但是因為我的攻擊力太過低能，所以我不算是攻擊者。另外，我是走近距離作戰路線，我覺得我應該勉強算是我們結社裡的防禦者，專門擋在兩個女孩面前，用我的肉體幫她們爭取時間。

藤原綾很快的就分配好我們團隊的工作。她自己先去把五行元素定位好，然後讓韓太妍設下結界以防外人闖入，等這兩樣工作都完成後，她再跟我一起進去旅館裡面找那妖怪對決。

聽到藤原綾如此分配工作，韓太妍立刻發問說：「等等，那我呢？」

「妳啊？」藤原綾斜眼看著韓太妍，聳聳肩說：「妳設好結界之後，就在外面等我們解決掉任務就好啦～畢竟妳可是我們結社的董事長呢～我們怎麼好意思怠慢妳呀？」

韓太妍看了看藤原綾，又看了看我，思考一下就點點頭說：「好啊！我知道小綾的意思了！小綾一定是覺得沒有時間可以跟佐維哥獨處，所以想說這次能來免錢的旅館共度春宵，才會想把我排除在外吧？哎呀哎呀～小綾心機真重～可是既然小綾的意圖都這麼明顯了，那太妍也只好成全你們啦～」

「春、春妳個頭啦！誰、誰會跟妳一樣成天都在想那個啦！哼！」

被韓太妍這樣一說，藤原綾的臉又紅炸了。她轉頭一看到我，也不管我有沒有說話或者做反應，就先扁我一拳，然後氣沖沖的說：「我、我要去做元素定位了啦！太妍妳也趕快把結界設一設啦！不要再講廢話了啦！哼！」

我真的覺得韓太妍妳也別再說一些有的沒有的啊！再這樣下去妳喜歡的佐維哥遲早有一天會因為妳亂說話而被揍死啊啊啊啊啊！

⊕⊕⊕　　⊕⊕⊕

任務分配下去就是要執行，不然分配了也沒意思。

這大概是我們結社成立以來，第一次在執行任務的時候有這麼多人手可用，所以我也算是第一次感到什麼叫做分工合作的機會——上次不算，上次在執行海邊任務的時候，嚴格說起來我們還是在做合作任務，不是我們結社自己的任務。

於是，藤原綾逕自去找五行元素定位點，韓太妍也忙著去設下本應該有、但我們結社總是沒做到的「隔離結界」。

而唯一在這個階段沒有分配到工作的我，就不知道要幹嘛了。

我本來想幫忙韓太妍，但一來我根本不知道我可以做什麼，二來我身上又有莫名其妙的「結界破壞」，去幫了也只是幫倒忙而已！所以我乾脆隨便溜達溜達，看看也許搞不好可以從眼前這空無一人的建築物裡，找到什麼可以解決任務的蛛絲馬跡。

畢竟我是真的很想要幫忙藤原綾。雖然最近這一個月來她扁我的次數越來越多，但我感覺她似乎反而沒有以前那麼討厭我……

這是一種很奇怪的感覺啦！

我還是要先說我並不是被虐狂，請大家不要誤會。但就是因為這樣，我才會想看看能不能在我能力所及的範圍內多做些什麼，好讓她對我刮目相看。

我左看看右看看，確定沒有什麼妖怪躲在附近之後，我大膽的邁步走往旅館。韓太妍對我施下的法術，除了讓我的體能增加以外，最重要的就是還可以提升我的精神、穩定我的情緒，讓我的思路更清晰、活絡，我都考慮過下次考期中考之前讓韓太妍先捅我幾下再上場了。

總之，我要講的是，經過韓太妍這樣捅過之後，我的膽子變得比較大，也不像之前會

因為小事情而大驚小怪，就好比現在遠遠的就看到櫃檯那邊有個半透明的人影我也不緊張一樣。

……半透明的人影？

我愣了一下，揉了揉自己的眼睛，確認自己沒有看錯。那個本該空無一物的櫃檯，此時的確有個半透明的人影飄在那邊啊！

這又再一次證明了韓太妍的魔法的確是神，的確是行！

照道理說，以前我看到這個情況應該是要大驚小怪然後大呼小叫，接著就會被趕來救我的藤原綾投以不屑的眼神和嘲諷的語氣。但現在我看著這麼一個半透明的人影，心裡竟然一點害怕的感覺都沒有。

曾經聽過一句話：恐懼是你自己選擇的。不過別誤會，危險的東西依然是危險，但你自己的心態是可以調整的。

我猜韓太妍的魔法就是安定我的心神，讓我可以不帶任何恐懼的面對所有的危險，也因此我才能保持冷靜去思考到底該怎麼處理眼前的狀況。

很明顯的，現在有三個選項可以選擇：一是回頭叫韓太妍來幫忙；二是什麼也不做，當作沒有看到、立刻轉身離開；三就是用軒轅劍去捅那個半透明的身影，看看它會有什麼變化。

另外，我猜那半透明的身影八成跟這次的任務脫不了關係，搞不好也有那種旅館鬼故事是說什麼永遠不肯休息、死了也要幫您客房服務的櫃檯人員幽靈啊！就跟那個全臺灣各地都會有從廁所走出來問有什麼需要的 KTV 服務生一樣，非常敬業嘛！

既然我的目的是要幫忙藤原綾解決一些小事情，所以我並沒有思考太久的時間，馬上就決定提起軒轅劍上前去，試著靠自己的力量解決它。

正當我要走進旅館接待大廳的時候，在外邊負責布結界的韓太妍看到了我的舉動，問：「佐維哥，你要去哪啊？」

「呃，沒事。」我搖搖頭，說：「進去看看而已……妳忙完了嗎？」

「還沒～」韓太妍笑咪咪的回應我說：「還是說，你想趁小綾不在的時候，幫著太妍一起合作布下這個結界呢？這應該對促進我們兩人的感情交流很有幫助唷～」

「啊哈哈……那個我不太方便啦……」我抓抓頭，笑著拒絕，然後轉身往旅館裡走。

其實，我拒絕她的理由剛才就有提到。而她會邀約我，是因為她並不知道我擁有傳說中「結界破壞」的能力。

雖然不知道為什麼我們一直沒有告訴她……大概是因為一直到現在我們才有機會碰到需要用到結界的場合吧？總之，韓太妍目前還不知道這件事情就是了。

我推開了緊閉的自動門，就在這個瞬間，一個清脆的「啪嘰」聲響突然從門上傳來。

這種事情我有經驗，而且他媽的還經驗豐富啊！我又不小心把結界弄壞了啊啊啊啊啊！

於是我立刻回頭想跟辛苦忙碌的韓太妍說抱歉，結果才一回頭就傻了。

哪有什麼韓太妍？我一回頭所看到的，竟然是旅館接待大廳的內部？

「靠盃！這樣也可以中招？」

我又再度回頭，發現不管我怎樣轉，轉來轉去，放眼所及的畫面都是一模一樣的。意思就是除了往前走，我別無選擇。

我並不慌亂，內心也不太害怕。其實我應該要害怕，但並不是要怕自己會在這裡碰到什麼大妖怪，而是應該要害怕我沒聽藤原綾的社長命令，亂走之下導致自己中了妖怪的陷阱而陷入危機。

結果這麼一想，當我發現原來發怒的藤原綾對我來說比妖怪還可怕的時候，我就更不怕現在自己身處的環境了。

我緊握著軒轅劍，深呼吸一口氣，接著邁開步伐往前走。然而我才剛往前踏出一步，前方就有一個女孩子的聲音傳了過來。

「無知的人類啊……竟敢打擾我狐仙大人的修行？」

我愣了一下，然後擺開戰鬥的姿勢。雖然還是什麼都沒有出現，但我心裡卻有一個戰鬥即將發生的預感。

「連我精心設下的強力結界也被你破壞，哼哼……本狐仙大人決定留你全屍，以示我對你的尊敬。」

對方說完，我正想開口解釋說其實我身上有「結界破壞」，不管妳結界設計的有多完

美多強力，只要被我摸一下就會破掉的時候，一陣強風突然從前方吹了過來。這陣風強大的幾乎快把我吹飛，連站都快站不穩了！

突然，一個雪白的身影從前方朝著我衝了過來。在韓太妍的輔助魔法幫忙下，我的動態視力已經大有改善，但就算如此，眼睛還是只能捕捉到一團雪白，完全看不清楚這高速移動的東西是什麼。一直到那身影用我閃避不及的速度撞到我身上之後，我才終於知道那是什麼——

那是一隻有六條尾巴的白狐狸！

「咕哇！」

被撞這一下，撞得我差點連晚餐都吐了出來！撞得我七葷八素頭昏眼花亂七八糟！白狐狸的攻勢並沒有就此中斷，牠一撞到我之後就立刻往旁邊閃開，然後順著風勢快速的飛奔在接待大廳之中。

「嘻嘻嘻嘻嘻嘻～」白狐狸一邊繞著我東奔西跑，一邊用女孩子悅耳的聲音笑著，牠笑著說：「來抓我啊～抓到我～我就跟你嘿嘿嘿～」

我不知道為什麼牠在這種劍拔弩張的時刻還要說這個超冷的老笑話……牠是想要替緊張的戰鬥氣氛融入一點詼諧的色彩，以降低大家的緊張度嗎？

而我因為一直看著牠邊說話邊繞著圈圈，搞得我自己頭很暈，暈得好像快吐了。於是我只能無力的蹲下來，暫時放下軒轅劍，雙手按著太陽穴想要降低那暈眩的感覺。

可是這樣做卻一點用都沒有，我只覺得天地不斷的旋轉，東南西北上下左右全部混成一團。就在我快要昏倒的時候，一隻纖細但強而有力的纖纖玉手突然伸出來按在我的背上，同時一股強大的魔力緩緩傳入我的身體內，紓解了我此刻頭暈目眩的症狀。

「……藤、藤原綾？」

「閉嘴。」藤原綾瞪了我一眼，說：「沒有聽從社長命令就敢亂闖妖怪重地，下次再犯我就把你揍死！」

「嗚嗚……妳到底是來救我還是來殺我的啊……」我有氣無力的回嘴，因為即使暈眩的情況已經消除，但我的體力尚未恢復。這點我真的不知道是怎麼回事，因為開戰到現在感覺也沒經過很久，可我的體力卻像是開了洞的水庫一樣，點滴不剩了。

藤原綾沒有回應我，而是拿出五星靈符準備要與那隻狐狸精決戰。倒是這個時候，我才注意到韓太妍竟然也出現在此處。

「佐維哥，我幫你恢復體力，很快就好。」

說完，韓太妍就用她的摺扇往我的天靈蓋劈了下來！

這一下還真的有那麼一點醍醐灌頂的感覺。一下子我便感到神清氣爽、精神百倍，失去的力氣也跟著找了回來。

我站了起來，向韓太妍低聲道謝。但是她卻笑嘻嘻的說：「哎呀哎呀～就說了狐狸精會吸男人精氣嘛～聽說定性夠的男人就不會中招了。所以從佐維哥現在的樣子來看，佐維哥的定性非常不夠唷！」

韓太妍這句話一說出來，我和藤原綾兩人都差點跌倒。

我是覺得韓太妍說的實在是子虛烏有的不實指控，但我不知道藤原綾在那邊做反應是什麼意思了。

「面對本狐仙，還敢打情罵俏？看來不給你們三個不知輕重的傢伙一點教訓，你們是學不乖的！看招！」

我們這邊聊天才聊兩句，那隻狐狸精就「每送」了！牠「喝！」的一聲，召喚出熊熊燃燒的火焰朝我們噴射過來。可惜這並沒有任何的效果，因為韓太妍和藤原綾同時張開護盾以及召喚水元素過來滅火，一下子就把狐狸精的攻勢中斷。

輕鬆擋下了狐狸精的攻勢後，藤原綾臉上露出了專屬於她的招牌小惡魔笑臉。

「什麼狐仙大人？根本是個修行還未成家，只會虛張聲勢的小狐狸精！」藤原綾用靈符指著那隻白狐狸，說：「哼哼！我大概知道了！妳就是看上了這塊地的靈脈，想要在這裡修仙吧？很抱歉啦！在現代社會要占地盤不是用搶的，要用買的啦！不然就會被報警處理啦！」

雖然我覺得藤原綾的比喻有點莫名其妙，可是好像她說的也沒有錯。

藤原綾說完，就先用最基本的「五行令咒」，調動此地的五行元素來攻擊那隻小狐狸精。從剛才狐狸精先招來強風又噴火的表現，這隻狐狸精可能比較擅長木、火兩個元素的

法術，於是藤原綾就以「金、水」兩個元素的法術來主攻。

藤原綾說的沒有錯，事實上憑她的魔法造詣，任務的確是只要靠她一個人就夠了。雖然在踏進此地之前，她有說這狐狸精不好對付，但在她發現狐狸精只會虛張聲勢之後，便漂亮的運用五行變化把狐狸精壓得死死的。

才一下子工夫，小狐狸精身上白色的漂亮皮毛就被燒得東少一塊、西皺一圈，整隻狐狸精看起來髒兮兮的，跟剛開戰的時候完全都不一樣了。

這時候我突然發現，我好像在哪看過這一幕。

我似乎曾經看過白色狐狸被追捕的畫面，這讓我感到非常的於心不忍，內心一直有衝動想要去阻止藤原綾，然後偷偷的放走狐狸精。我不知道自己是怎麼回事，但我就是想要這麼做。

在戰鬥的時候分神是很危險的事情，就算我現在並不是真的在戰鬥中，但我還是身處在戰場上。我這麼一分神，那隻狐狸精就像是逮住機會一樣，朝著我衝了過來。

牠的速度比剛開始的時候更快，衝到我面前便狠狠的往我肩膀上咬了一大口！

「嗚哇啊啊啊啊！」

狐狸精狠狠的從我肩膀上咬下一塊肉，當場令我血肉橫飛、痛得大吼大叫！

「死陳佐維！」

「佐維哥！」

藤原綾和韓太妍發出緊張的驚呼聲，也同時有了行動。藤原綾立刻將手中的靈符對著狐狸精射了過去，韓太妍則張開摺扇，揮出好幾枚的紫色魔力針。

但是狐狸精卻更加狡猾，牠不但不與兩個魔法師硬拚，更是卑鄙的在我身邊繞來繞去，然後這邊咬一口、那邊踹一腳的，逼得兩個女孩子因為投鼠忌器的關係，根本很難加以反擊。

最後，狐狸精往我的側腰上咬下最後一擊，把我全身咬得到處都是齒痕，從我身上噴濺出來的鮮血使得牠雪白的皮毛染成點點猩紅之後，牠立刻轉身，朝著旅館外面的方向跑了過去。

「……五、五行令咒．火剋金！」

藤原綾反應算是很快了，狐狸精才剛跑，她就施展攻勢追擊，但終究還是慢了一步，只能眼睜睜的看著狐狸精衝破結界，揚長而去。

藤原綾還想要追擊，但韓太妍卻喊住了她，然後兩人立刻趕過來觀察我身上的傷勢。

就這樣，因為我身上的傷勢實在太過嚴重，這個任務便因此打住，眾人收拾行李，回家休養。

NO.002

我很健康還真是對不起大家啊！

「佐維哥～嘴巴張開開，啊～～～～」

我在床上靠著床頭坐著，看著韓太妍細心幫我吹涼後的魔藥，苦笑著搖搖頭說：「沒關係啦……太、太妍啊！那個，我自己會吃啦……」

「佐維哥是傷患，多休息有益無害！」韓太妍嘟嘴瞪著我，很堅持的說：「不然讓人家餵你吃一口，一口就好了好不好？」

拗不過韓太妍的盛情難卻，反正我其實也不吃虧，便從善如流的張開嘴巴，含住盛有魔藥的湯匙，讓韓太妍得逞了這麼一次。

我把魔藥接了過來，自己一邊吃，一邊聽韓太妍解釋現在的情況。

由於我的魔法實在太過低能，所以每次出任務每次都失敗。就算沒失敗，也會在出任務的時候受傷；就算沒受傷，在我的魔法還沒有大成之前，或者該說，在我的魔法還沒有高深到足以面對妖怪而不落下風之前，我們結社也不足以挑戰更高難度的任務。

所以韓太妍和韓國高層討論過的結果就是，在我修煉完畢前，我們結社不可以再去執行任務，而且他們也會暫時中斷對我們結社的經濟援助。

簡單來說，就是要用這種手段和方法來逼我去練功就是了。

雖然藤原綾對於這種結果有些不滿，認為要執行任務她一個人就夠了，我只是去當啦啦隊的。

我不知道韓太妍是怎樣向藤原綾說明的，總之聽說最後藤原綾同意了，畢竟我再這樣爛下去也不是辦法，就決定幫我去跟她老娘求救，看看神通廣大的【組織．東方魔法界】會長能不能有辦法讓我的魔法起死回生，儘早成為大魔法師。

也因此，等我把今天的魔藥喝完之後，我就在韓太妍的陪同下，來到了【組織】臺灣分部的臺中辦公室。

藤原綾已經在此處等候我們，當她一看到我與韓太妍肩並肩走進來，就迅速跑到我們兩人中間，硬是擠了進來，把韓太妍擠開。

「死陳佐維！我買給你的魔藥有沒有乖乖吃啊？」

我點點頭，笑著秀給她看我肩膀上的咬痕，說：「有啦！我都有乖乖按時吃藥，妳沒看我傷勢好很多了嘛！」

藤原綾很滿意的點點頭，頗自豪的說：「那當然！本小姐不惜成本，用的都是最好的藥材，當然好很快啊！」

說到這邊，韓太妍立刻插進來說：「加上我用愛情～親自一口一口的餵佐維哥吃下去，恢復的效果更棒唷！」

「妳、餵、他？」藤原綾馬上變臉，殺氣騰騰的問我：「死陳佐維！趁我不在的時候是不是都在跟這個女人亂來啊！給我說清楚喔！」

「完、完全是誤會一場啊啊啊！」

今天來到這邊，是美惠子阿姨所要求的。她說照道理來講，就算再不濟的魔法學徒，跟我接受同樣時間的魔法訓練，起碼也會有一點進度，且從沒有像我這樣進度幾乎是零的情況發生，肯定是哪邊出了問題。

既然不清楚是哪裡出了問題，她要我過來辦公室這邊進行「魔法檢驗」，檢查我身上的魔力系統是不是有問題，才好對症下藥。

是的，魔法檢驗。

正常來講，身為一個【組織】有登記的正式魔法師，在登記的那一瞬間，就必須要先經過一個叫做魔法檢驗的關卡，方便【組織】對你有記錄以及管理。

因為我這個人情況特殊，所以雖然我已經當魔法師當了好幾個月的時間，但我卻沒有任何檢驗過的記錄。唯一一次魔法檢驗，還是上次在旅館房間內讓韓太妍做過小檢驗而已，根本不算正式記錄。

魔法檢驗總共有三個關卡，基本上這三個關卡只要其中一個有合格，你就不算是問題太嚴重的魔法師。

第一個關卡，就是要你施展出一個你修煉的魔法。如果是修煉陰陽道，你就召喚個式神出來；學神道的，你就跳場祭神的神樂舞蹈看看。通常只要這關能通過，那後面也就沒什麼好測的，可以直接帶去其他地方做文字資料登記。

假如這個關卡沒有過關，那才要進入第二個關卡，也就是使用儀器去測量你體內的魔力量是否正常。

說到這裡大家可能會有所疑惑。那就是，我們魔法師這麼不科學的存在，竟然還有儀器可以用科學的方式檢定體內的魔力量?感覺好像很矛盾。

然而，其實一點也不矛盾。

老實說，在很久很久以前，魔法和科學並不像現在這麼畫清界線，甚至可以說，魔法在很久很久以前也是科學的其中一門學問。比如東、西兩方的煉丹術或者鍊金術，就是一種有詳細筆記記載的學問。而發展到今天二〇一三年，專門鑽研魔法學的魔法師學者早已經把人體內的魔力來源摸得一清二楚，定義出一套類似淋巴系統、消化系統的「魔力系統」。

既然定義都能搞出來了，那麼只要按照這個定義，自然就可以設計出檢定體內魔力量的儀器。

假如用儀器檢測魔力量是屬於不正常的，那就要進入第三關卡，檢查你體內的魔力系統是否正常。事實上，我們也很難得知什麼叫做不正常，因為通常來說，一個正常的魔法師連這關都不需要檢驗，就可以在第一關通過魔法檢驗了。

這三關只要有一關通過，哪怕是最後一關，只要確定你體內的魔力系統還是正常運作的，你就是一個問題不大的魔法師。但要是三關都沒有通過，那按照【組織】的規定，這個人沒辦法擔任魔法師，可能就會遭受除名。

總之，我來到這裡，目的只有一個，就是透過這個魔法檢驗，找出魔法始終如此低能的原因。

我被接待人員帶到要進行魔法檢驗的場所，藤原綾和韓太妍也一路送我送到這邊來。

藤原綾在離開前，瞪著我說：「死陳佐維，你檢查出來最好不准給我有問題知不知道？」

我抓抓頭，很無奈的說：「可是今天我就是有問題才要送來檢查的不是嗎？假如檢查出來沒問題，那我們麻煩才大吧？」

這麼一講，藤原綾發現好像我說的才是對的。

於是，她立刻給了我一拳，然後才說：「死陳佐維，你檢查出來的結果最好是有問題的，知道沒有？」

「嗚……知道了啦！」

兩女離開之後，我才轉身走向檢驗的場所。

這裡有很多等待檢驗的魔法師。雖然說我認識的魔法師並不多，但這邊幾乎都是年輕小伙子，甚至還有不少的小孩子，倒是讓我覺得很新奇。看來魔法這個感覺失傳已久的學問，其實還是有很多新血不斷的加入、研究著。

由於美惠子阿姨的特別要求，所以我並不像其他人一樣還要抽號碼牌然後排隊等候叫號。我直接拿著超搶眼的軒轅劍走到檢驗室門口敲門，然後在眾目睽睽之下插隊，光明正大、大搖大擺的走進去。

雖然說享用特權是非常過分的一件事情，但當你是享用特權的那個人的時候，果然就是爽到一個不行啊！

檢驗室門裡和門外是兩個截然不同的世界。在外面，我不覺得這裡面有這麼大，因為從整棟商業大樓的占地來判斷，我一直覺得檢驗室的坪數是很小的。我以為走進來裡面，會跟去診所看醫生的時候感覺差不多。

但當我走進來之後，我才發現我把【組織】想得太簡單了。

因為檢驗室裡面大得好像看不到邊際，好像沒有盡頭一樣，根本就是來到另外一個空間啊啊啊啊啊！

「請問你就是陳佐維先生嗎？」

正當我在讚嘆【組織】驚人的建築工藝，竟然能夠把小坪數空間改造成這麼誇張的大空間，比日本的《全能住宅改造王》節目還誇張的時候，一個男人的聲音突然傳來。

我轉頭看過去，一個皮膚黝黑的阿拉伯人正笑容滿面的看著我。

當然，我不確定他是不是阿拉伯人啦……只是我認識的中東國家並不多，所以才說他是阿拉伯人，不然他應該也可能是阿富汗人。反正他就是一個中東男子，年紀大約三十歲上下。

喔對了，不要問我為什麼阿拉伯人會說中文，這點我就真的不懂了，可能是在臺灣住久了就會了吧！而且他的中文還比韓太妍好呢！起碼音調聽起來正常多啦！

那位阿拉伯人笑著說：「我猜應該沒錯吧？畢竟會長特別交代的人只有你啦！所以我們也不要再浪費時間了，請直接開始吧！」

「喔……嗯！」我點點頭。

阿拉伯人笑著從懷裡拿出一個金色的古代油燈，說：「我先介紹一下，這是我的魔法系統『精靈魔法』。你應該有聽過阿拉丁的故事吧？裡面的神燈精靈其實就是魔法的一種。我的精靈魔法所代表的就是超強大的防禦力，所以等一下你並不用手下留情，儘管放馬過來，知道嗎？」

「嗯。」

「好，那我們開始吧！」

「嗯。」

我點點頭，然後就繼續站在原地看著那個阿拉伯人，阿拉伯人也看著我。我們兩人就這麼對看了大約十秒，阿拉伯人才又講：「……我們可以開始了。」

「……嗯。」我又點點頭，然後問：「那，請問我應該要幹嘛？」

聽到我這樣問，阿拉伯人先是瞪大了眼睛，然後才噗哧笑了出來。他搖搖頭說：「使用你最擅長的魔法來攻擊我吧！不用手下留情，知道嗎？」

「喔喔……」我點點頭，然後舉起軒轅劍，對著那阿拉伯人大吼大叫了好幾聲。做作一、兩下聲勢之後，我很乾脆的放下軒轅劍，聳聳肩說：「我們直接進入第二道關卡吧！今天我要是會個一招半式，我就不會來這邊了。」

阿拉伯人愣住了，好半天都不知道要說什麼的樣子。

從震驚中恢復過來之後，他搖搖頭，語氣從一開始的親切變得有些不屑，說：「好吧，既然你這麼乾脆，那我也不敢怠慢你。我們直接進入第二關卡，跟我來吧。」

跟著阿拉伯人往旁邊走，很快的就來到一張躺椅前。這躺椅並不是大家心裡所想像那種很舒服的躺椅，它事實上應該是直接從牙醫診所那邊搬過來的。所以這應該要叫做牙醫看診椅？

反正不管它叫什麼名字，當我們來到這邊之後，那位阿拉伯人就要我躺上去，他先去準備儀器過來幫我檢測魔力。

我躺好沒多久，阿拉伯人就帶著一臺詭異的機器過來，說要幫我檢測魔力量。

「不會魔法沒關係～」

剛才不屑的感覺已經消失了，這位阿拉伯人又恢復一開始的親切，笑著說：「或許你體內蘊藏著大量的魔力，只是不懂運用罷了！會長大人安排的人選，應該不會讓人失望才是啊～呵呵～」

我也苦笑著聳聳肩，回應他說：「希望是這樣啦……請你開始吧！」

「嗯嗯～」

阿拉伯人把儀器固定在躺椅旁邊，然後將其中的兩條線路拉過來，分別接在我的雙手手肘內側的凹陷處，以及雙腳膝蓋後面的凹陷處。他用冰冷的貼片貼在上邊，感覺有些不舒服。而且這總是讓人聯想到被處電刑推上電椅的死刑犯，讓人感覺更不舒服了。

「……這會不會痛啊？」我有些緊張的問。

「不會！」阿拉伯人笑著掛保證說：「不但不會痛，過程還會很舒服哩！你放鬆自己就好了，不要想太多啊！」

「嗯～」我也回他一個笑容，表示我會乖乖的放鬆自己。

阿拉伯人把線連接好之後，打開了儀器的開關。一開始我只覺得四個貼片貼著的地方傳來麻麻的電流感，雖然不會痛也不會不舒服，但並不像阿拉伯人所說的一樣會很舒服，感覺我可以告他詐欺。

然後很快的，一股暖流就從這四個點匯了進來，逐漸的從四肢流入體內，在我的腹部，也就是武俠小說所說的丹田位置裡匯集著。這過程我逐漸的從不舒服轉變成舒服，甚至因為暖流流經身體四周時讓人感覺非常不錯，我還差點睡著在椅子上。

這過程並不長，很快的阿拉伯人便關閉儀器，然後將四條線拆了下來。

我睜開眼睛，看到阿拉伯人的時候我還以為換了一位，因為他臉上再也找不到親切的笑容了。

「不會魔法就算了，魔力量還幾乎是零？」

阿拉伯人不可置信的看著顯示出來的數據，語氣非常驚訝又不屑的說：「這種人竟然會是會長指定過來檢驗的？會長是收了你什麼好處啊？」

「……啊哈哈……」我不知道要回應什麼，只能打哈哈帶過。

阿拉伯人很不屑的搖頭，要我稍等一下。

他把測魔力量的儀器收好，然後從旁邊推了另外一臺儀器過來，對我說：「這是最後一項檢測了，隨便做一做吧！」

這次的儀器是來測我的魔力系統是不是正常的，檢測的方式也跟剛才的很類似接近。很快的，答案就出來了，我的魔力系統似乎還是正常的，但比起一般人來說，好像比較微弱就是了。

「不會魔法，魔力量低弱，就連魔力系統運作都比一般人微弱？」

阿拉伯人語帶嘲諷的看著我的檢驗報告，說：「我不知道你跟會長是什麼關係啦～不過我奉勸你啊年輕人！要是以為自己跟會長有關係就想靠關係走後門，你在魔法界被踢出

去只是遲早的事情罷了！哼！」

說完，阿拉伯人連送客都不送，指著突然出現的門，說給我三十秒的時間趕快離開，他不想再看到廢物。

被人指名道姓當著面說成廢物，如果是藤原綾那就算了，居然是被一個我第一次看到的人這樣講，害我心情整個很差。

離開了檢驗室，藤原綾和韓太妍兩人已經在外面等候了。一見我出來，兩女就立刻上前關心結果。

「欸欸，你的魔力系統出什麼問題啊？」藤原綾問。

我搖搖頭，嘆口氣說：「滿遺憾的，我的魔力系統好像是正常的……雖然比一般人弱小一點，但終究來說，還是屬於正常魔法師該有的樣子。」

「……你好像心情不好？」藤原綾見我表情有異，就又追問我：「幹嘛？在裡面被那死中東仔欺負了？」

我搖搖頭，說：「沒有啦……只是覺得，有些難過就是了。」

「可惡！難過什麼啊！那死中東仔王八蛋！他算什麼東西敢欺負你？你等著，我進去找他算帳！」

說完，藤原綾就氣沖沖的捲袖子拉裙子要衝去跟那個阿拉伯人理論。我趕緊拉住她，搖搖頭笑著說：「唉唷！我又沒被欺負！是我自己啦！我自己不太能接受檢驗出來的結果這麼爛而已啦！」

被我拉住的藤原綾回頭，疑惑的看著我，追問：「真的？」

「真的！我沒事了！我們趕快回去找美惠子阿姨，看接下來要怎麼辦吧！」

藤原綾看了看我，又看了看檢驗室的方向，這才點點頭說：「嗯……我們還是趕快去見媽媽，看到底該怎麼幫你才好。」

說完，藤原綾才拉著我的手，離開了這裡，往美惠子阿姨所在的會長辦公室而去。

三人靜靜的走著，一直沒說話的韓太妍突然開了口：「小綾果然很喜歡佐維哥嘛～喜歡到佐維哥疑似被人欺負一下都不行呢～真是可愛唷～」

「喜、喜歡妳個頭啦！誰會喜歡這個大白痴大爛人啦！哼！」

⊕⊕⊕　　⊕⊕⊕

來到會長辦公室，這裡的擺設跟上次來的時候差不了多少。我還記得那時美惠子阿姨養了一缸魚當作消遣，可是這次再來就沒看到了，取而代之的是一盆景觀植物。

美惠子阿姨跟我印象中的一樣，並沒有坐在辦公桌那邊辦公，而是拿著灑花器在照顧她的植物。等見到我們進來，她才笑著要我們先去會客區坐，然後把東西收一收，才走到會客區這邊坐下。

一坐下，美惠子阿姨就關心的詢問：「佐維已經接受魔法檢驗了沒？」

「測過啦！」藤原綾沒好氣的說：「那死中東仔不知道怎麼測的，死陳佐維竟然一點問題也沒有，氣死人了。」

雖然藤原綾說得好像我的身體應該要有毛病才對得起大家，我的魔力系統這麼健康實在很出乎大家的意料之外。

但想一想，我的魔力系統健康卻練不出魔法，就表示是身為老師的藤原綾不會教，也難怪她會生氣了，因為她總是認為自己可以把所有的事情做到最好，包含教導學生這份工作在內啊！

「一點問題也沒有啊……嗯。」美惠子阿姨點點頭，很認真的看著我問：「那麼，佐維，你有乖乖的聽小綾的指示去練功嘛？」

「有啊！」我點點頭，說：「我自己也很清楚我再這樣下去只會成為大家的拖油瓶罷了……所以我是真的很認真的按照小綾的教學在練習。可是，我練了這麼久，不要說是沒辦法靠自己的力量發揮五行元素的威力，就是吸納小綾幫我創造的五行元素空間來退敵的這件事情，也辦不到。」

美惠子阿姨點點頭，輕輕摸了摸下巴，很嚴肅的思考著。

「所以我們才會想要來問媽媽！」藤原綾接著補充，說：「媽媽一定有辦法的～對不對呀？」

大概是思考突然被藤原綾打斷，美惠子阿姨苦笑著表示：「我正在想，你們讓我想一下好嗎？」

「喔。」

經過了大約一分鐘的沉默，我都懷疑美惠子阿姨只是擺出一個沉思者的姿勢、其實是睡著了的時候，美惠子阿姨才終於說話打破了沉默。

「小綾、佐維、太妍啊……根據我個人的推斷，這雖然有些對不起這麼認真的小綾，但我還是得說……或許佐維根本不適合修煉小綾所教導的魔法。」

其實這個答案早在我的魔力系統被證明是沒有問題的當下，我們就應該要知道的。但韓太妍沒有提，我沒有說，負責教導我的藤原綾更是不願意去聯想是自己的不對。

「那麼……」韓太妍看了看我們，才決定要幫我們問說：「我們應該怎麼做呢？美惠子阿姨？」

「……或許得幫佐維另外尋覓一個導師才行。」美惠子阿姨很認真的說著。

當然，聽到這個答案的藤原綾顯得非常失望，但她並沒有像以前一樣的說她不接受，只是低著頭，點點頭說了聲她知道了。

不知道為什麼，看著這樣的藤原綾，我突然覺得有些心疼。她雖然平常對我又打又罵，只有偶爾會對我好一點，這情況還是在韓太妍加入我們結社之後才比較頻繁……但我知道，在教導我成為魔法師的這條路上，藤原綾比誰都還認真。

她為了幫我，硬是把五行拳改編成五行劍法。一個對近距離作戰幾乎一竅不通的女孩子，連著好幾個晚上拚命的去改編這麼一個自己不會使用的魔法，光是這份苦心就值得讓人鼓掌叫好。更不用說她還常常自掏腰包的添購許多高貴的魔藥來輔助我開發魔力，就算手藝差勁到讓人想殺死她之後再自殺，她還是堅持一定要親手幫我熬煮魔藥。

她的用心我都看得見，我都知道。這也就是為什麼，明明她老是打我罵我，我卻一點也不討厭她的原因。

如今，經過了幾個月的時間，因為我的魔法始終如一的爛，所以表示她的用心可能是沒有效果的。甚至到了現在，還當面被宣布必須要換老師，我相信她肯定很難過。要不是因為她有一份莫名其妙高昂的自尊心，搞不好早就哭出來了。

韓太妍也看出藤原綾心情不好，趕緊幫忙問：「那麼，美惠子阿姨，請問妳有沒有什麼好建議呢？」

「嗯。」美惠子阿姨點點頭，但她正要開口之前卻又猶豫了一下，然後嘆了口氣，搖搖頭說：「想不到到頭來，還是得靠這冤家。」

這句沒頭沒腦的話，讓我們三人都不清楚美惠子阿姨想說的是什麼。

幸好她很快就繼續說了下去：「我記得之前你們交給我的報告裡有提到，佐維他的軒轅劍可以發揮神奇的力量，對吧？」

我點了點頭。

就在上次，那個叫做「傴」的妖怪出現在我們面前，把我們打得差點全滅的時候，就是軒轅劍爆發出驚人的威力，才解決了那次的危機。雖然從此之後軒轅劍再也沒有出現過那樣的威能，但那次的經驗讓我至今依然記憶猶新，相信軒轅劍還是很威武的。

「所以，或許佐維所學習的，就必須要跟軒轅劍有所關係，才能讓他的魔力和軒轅劍搭配成長，相輔相成之下，才有辦法成為一個能獨當一面的魔法師。畢竟佐維可是軒轅劍的繼承者，或許跟一般人修煉魔法的方式不太一樣。」

美惠子阿姨說的頗有道理，而且這點我們幾個以前倒是沒有想過就是了。

經她這麼一提，我突然又想到很久以前，也就是我第一次拿到軒轅劍的時候，那位在【天地之間】的侍劍．公孫靜小姐。如果沒記錯的話，當初她曾經幫我用軒轅劍揮出一計漂亮的劍氣。

或許她所使用的魔法，才是能夠發揮軒轅劍威力的魔法？

然而，現在腦中的這個推測，我卻沒有說出口。

第一，現在我不敢回去【天地之間】了。當初我是怎麼狼狽的逃出來的，這狀況還歷歷在目。想到他們把軒轅劍當神在拜，我卻把軒轅劍當廢鐵看待，我就不敢想像要是自己回去【天地之間】，會遭遇到怎樣的對待。

第二，藤原綾還是很討厭公孫靜。雖然在韓太妍登場之後，她比較少提到討人厭的乳牛，但我相信她應該一時片刻還不會忘記這種討厭的感覺。在藤原綾很難過的這個當下，我也不太願意說其實她很討厭的乳牛或許有能力幫我的這個情報。

所以，我就等看美惠子阿姨有什麼好的意見。

美惠子阿姨笑了笑，就說：「或許我們可以尋求魔法界現在還有在研究『軒轅黃帝』這個人的魔法師，看他們有什麼意見才是。」

「我不要！」

剛才沒有反應的藤原綾，在聽到美惠子阿姨的建議之後，馬上開口大喊不要。這點倒是出乎我的意料。

但還沒問藤原綾原因，藤原綾就跟美惠子阿姨吵著說：「我才不要咧！媽媽妳的意思不就是要我去找那個人幫忙嘛？我死都不要！」

「小綾！」美惠子阿姨皺著眉頭，訓斥藤原綾：「什麼這個人那個人的……那是妳爸爸！」

「我沒有爸爸！」藤原綾很生氣的說著。

藤原綾和美惠子阿姨之間的氣氛一下子變得有些緊張。尤其是藤原綾，小嘴嘟得高高的，腮幫子鼓鼓的，感覺好像要跟美惠子阿姨大吵大鬧一樣。

不過，母女倆最後還是沒有吵起來。

美惠子阿姨搖搖頭，嘆口氣說：「唉……我知道妳還是不肯原諒他……不過，媽媽目前唯一能想到的，也只有他能幫忙了。軒轅黃帝本來就是道家尊崇的神仙之一，他更是現任道家『黃老派』的掌門，第一把交椅。有關軒轅劍的事情，整個東方魔法界或許沒有人比他更清楚……」

「小綾，媽媽不勉強妳去拜託他。但是……如果妳真的替佐維著想，這是你們目前唯一能走的路。話我就說到這邊了，聽不聽得進去，就隨你們吧……我還有事情要忙，今天就到這邊為止吧！」

⊕⊕⊕　　⊕⊕⊕

結束了跟美惠子阿姨的對話，我們三人離開了辦公室，搭車回到東別的小窩。

因為氣氛不對，這一路上誰也沒有先說話。一回到家，藤原綾更是直接說她累了想要

休息，然後逕自往房間跑去了。

看著藤原綾疲憊離開的背影，我問身旁的太妍：「……太妍，妳知道小綾她剛剛所說的……是什麼意思嗎？」

「知道是知道，不過我不想告訴你。」韓太妍露出一個很抱歉的苦笑，說：「畢竟這是人家的私事嘛……如果小綾願意跟你說，她自然會跟你說的。太妍多嘴就不好囉～」

「嗯，我想也是……」我笑了笑，然後嘆口氣說：「太妍，妳是不是也覺得我真的很沒用啊？」

韓太妍搖搖頭，「不會。真的！佐維哥雖然魔力很低微，但你的心很強。沒有一個強壯的內心，有再高強的魔力也沒有用。這是太妍之所以會喜歡佐維哥你的原因喔！」

「呵呵……嗯。」我點點頭，然後又嘆了口氣，說：「我也回房間休息了……妳早點休息吧！掰掰。」

「嗯。」韓太妍點點頭，笑容滿面說：「別太擔心小綾。我跟她從小打到大的，她很快就會恢復正常了～」

「嗯。」

我點點頭，然後進了房間。

這邊要提一點題外話。我們的小窩是三房兩廳兩衛浴的設計，當初藤原綾很霸道的直接占走了主臥室，而我則是選了第二大的房間來睡覺，剩下那個空房間則是當作倉庫，放一些有的沒有的雜物。但上個月韓太妍搬進來之後，我原本的房間就讓給她了，所以我現在是住在最小的那個房間裡面。

玩了一下電腦，今天早早就上床準備睡覺了。但我睡下沒多久，就聽見有人敲我房門的聲音。

「誰啊？」我問。

「是我。」

門外的聲音是藤原綾發出的。

我下了床，把門打開。

藤原綾先看看房內，又看看我，才問：「你要睡覺了？」

「嗯……妳心情好多了？」

「還沒。」藤原綾搖搖頭，然後轉頭看了看韓太妍的房間，確認她的房門是緊閉的之後，才說：「那個……我可以進去嘛？我想跟你聊聊。」

「喔！可以啊！」我笑著點點頭，側身做出一個歡迎光臨的動作說：「請進請進～歡迎光臨啊！」

藤原綾給了我一個沒精打采的笑容，就悶悶的走了進來。她直接往床上一屁股坐下，嘟著嘴瞪著我。

我關上門後，拉開電腦椅子，坐在上面跟藤原綾遙遙相望。

兩人這麼沉默的對看了大約一分鐘，藤原綾才開口打破了沉默：「……你還記得，我有跟你提過，我和媽媽都很討厭道家嗎？」

「嗯……」我點點頭。

藤原綾嘆了口氣，搖搖頭說：「我就把事情跟你說一下好了……」

藤原綾和美惠子阿姨很討厭道家，這件事情的主因就是因為藤原綾的親生父親，是一個為了追求道法真理而拋家棄子的男人。這個被拋棄的事情影響藤原綾很深，所以讓她一直到現在都對自己喜歡的人會有一定程度的不安全感。

而這個男人，正是今天美惠子阿姨所提到的，道家第一把交椅。

正是因為如此，藤原綾才會激動的說不想接受那個人的幫助。加上今天跟美惠子阿姨的對話，表示她這幾個月來的努力和教育方針都是錯誤的，是白費力氣的，她感覺很洩氣，才會難過的一回到家就把自己鎖在房間裡面。

「但我不是一個只會意氣用事的笨蛋。」

說到這邊，藤原綾語氣一轉，很認真的看著我，說：「比起我自己討厭那個人的程度來說，我現在更不願意看到你再受傷了。」

「……嗯。」我點點頭。

因為我也不願意再受傷了啊！馬的我總覺得我好像快要習慣這種只要一出任務我就會被打成重傷的生活了啊！我可是一點都不想習慣這種生活啊！

「所以……死陳佐維！人家為了你犧牲可大了……我們明天就去那個人的道觀，請他

幫忙你修煉。然後你絕對不可以辜負我這個心意，一定要把魔法學好，不然你就死定了！你知不知道？」

我笑了笑，點點頭，然後異口同聲的與藤原綾一起說——

「因為這是社長命令！」

藤原綾是個很有行動力的行動派，昨天晚上才剛說要帶我去找道家的人做修煉，今天一大早就馬上出發。

當然，跟今天剛好是禮拜六也有關係啦！不然還要蹺課就有點說不過去了，畢竟我和藤原綾都還算是個好學生啊～

在路上，藤原綾向我說了她的父親名字叫做「李永然」。上次在【祖靈之界】最後出現來拯救我的人，就是他。意思就是說，為了我，她其實已經去拜託過那個她最討厭的男人一次了。

而李永然的道觀，就是那次事件最早的契機——「土地公失蹤案」的土地公廟附近。聽說當初會把土地公失蹤的事情呈報過來，就是李永然唯一收過的關門大弟子通報的。

事不宜遲，我們很快的就來到那間道觀附近。

「我只帶你來到這邊，然後幫你求那個沒啥人性的傢伙，看他願不願意幫你。他應該只會說一切隨緣之類的屁話。反正我不管，不管他願不願意，我都會把你留在這邊，然後我和太妍會先走。」下車之後，藤原綾這樣子對我說：「因為我實在很不願意跟那傢伙在一起。」

「……嗯，我懂。」我點點頭。

藤原綾她老爸的道觀雖然就在我們很熟悉的地方，但事實上也並不是這麼容易就能找到。道觀所在的位置，汽車沒辦法直接抵達，必須要用雙腳親自走一趟，穿過樹林中的羊腸小徑，才可以柳暗花明又一村的看到目的地。

這裡給人的感覺就像是與世隔絕的世外仙境。真的，要不是親眼所見、親身踏足此

地，我也不會相信臺灣竟然還有這樣的漂亮仙境。

看著那花團錦簇，看著那參天古木，看著遠方山脈的宏偉雄壯，看著霧氣的變化萬千，就是陽光撒落下來的光線，隨著時間和角度一變化，馬上又會給人完全不同的感受。

不單是我感到震撼，同行的韓太妍也不自覺的發出讚嘆之詞。唯一毫無反應的就只有藤原綾了。

藤原綾她很熟門熟路的領著我們兩人往道觀的方向走去。這道觀占地不大，看起來是個三合院的造型，然後外面還有圍牆圍住。白牆搭配藍色琉璃瓦片頂的設計，會讓人聯想到中正紀念堂。

唯一的出入口並沒有關上，大門敞開的任人自由進出。在大門外的小道邊上，有一塊白色的巨大岩石，上面刻著「道法自然」這四個大字。走進大門內，裡面整理得一塵不沾，感覺像是時常有人在清潔、打掃的樣子。

但，這裡卻安靜的讓人感覺好像沒有人住一樣。

「該不會沒人在吧？」我問。

「可能。」藤原綾聳聳肩，帶隊走在最前面的她絲毫沒有停下腳步的意思，一路筆直的往三合院中間的那一間走去，邊走還邊說：「反正那傢伙也很常到處亂跑，現在還在不在這邊，鬼才知道。」

我抓抓頭，感覺藤原綾的情緒似乎還是不太好，便閉上嘴巴不說話。

就在這個時候，一個女孩子的聲音突然從旁邊傳了過來。

「……陳佐維？」

在這陌生的地方聽到有人叫我名字，還叫這麼親切自然，還是個女孩子……我立刻轉頭往聲音的來源看去。

不看還好，這一看我就愣住了。

那果然是一個女孩子——她是個長得很普通、戴著眼鏡、頂著清湯掛麵的髮型，穿著某私立高中運動服，還拿著一根掃把的女孩。但不只如此，會讓我愣住的原因，是因為我認識這傢伙！

那女孩一看到我的臉，確定是我之後，就開心的直朝我們跑過來。

我也開心的朝她跑過去，然後那傢伙突然一個用力的猛撲擒抱，用一個美式足球才會看到的招式把我撲倒在地！接著就笑哈哈的壓在我身上說：「真的是佐維耶！你怎麼會在這邊啊？好、好久不見了喔！啊哈哈哈哈！有沒有想人家啊～」

「靠腰！當然想妳了啊！死阿雪！」我也跟著笑得很開心的回應：「靠！我才想問妳怎麼會在這邊咧？妳有沒有……」

「咳咳咳咳咳咳咳咳！」

正當我很順的想要問阿雪有沒有想我的時候，旁邊又傳來了女孩子激烈咳嗽的聲音。

我躺在地上往旁邊看，就看到藤原綾又露出那種不爽的表情，雙手交叉在胸口，瞪著我們說：「死陳佐維！你在幹什麼啊？馬上給本小姐站起來！不然你就死定了！」

不只是藤原綾不爽，連韓太妍此刻的表情也有些不高興，但表現的沒有像藤原綾那麼突出就是了。

於是我推開壓在身上的阿雪，爬起來拍拍身上的灰塵，直接拉著阿雪的手走到兩女面前，笑著跟她們介紹說：「唉唷，不是啦！我沒想到會在這邊碰到這傢伙啊！小綾、太妍，我跟妳們介紹一下，這傢伙叫做『慕容雪』，是我從小到大的好朋友喔！」

說完，我也不忘跟慕容雪介紹藤原綾和韓太妍。

慕容雪聽完之後就笑容滿面的伸出手，想要跟兩個女孩握手，並說：「哎呀哎呀～原來我們家佐維這段時間都是讓兩位照顧啦！他一定很不乖對吧？請好好幫忙管教管教唷～哈哈哈哈～」

然而，相較於慕容雪的熱情，藤原綾和韓太妍倒是沒這麼開心。

藤原綾更是凶巴巴的哼了一聲，不但沒有回應慕容雪的手，甚至把她當作空氣一樣，直接瞪著我說：「死陳佐維！你少在那邊……你、你可別忘記了來這邊的目的啊！」

我愣了一下，然後才抓抓頭說：「唉唷……看到這傢伙太開心了，我差點忘記了！啊對了，阿雪，妳還沒講為什麼妳會在這邊耶？」

「靠！為什麼是我要先講啊？你帶兩個女孩子闖到我的地盤來，結果還先跟我嗆聲？嗚嗚～你都忘記了我們之間的感情了嘛？男大不中留，嫁出去的男人就跟潑出去的水一樣，回不來囉～嗚嗚～」

「哪有啦～我才沒有咧～呃……」

我覺得在跟慕容雪互動的時候，身旁一直有殺氣傳過來，不用說也知道是我們結社的社長大人藤原綾放出來的；但神奇的是，我竟然也多少感受到一點來自韓國的怒火。

這嚇得我有些不敢繼續嬉皮笑臉下去，而是清清喉嚨，然後對藤原綾說：「好、好啦……我知道我是來幹嘛的啦……不、不然妳自己問阿雪好了。」

藤原綾用臭到不行的表情瞪了我一眼後，把我從慕容雪身邊拉開，自己走到慕容雪的面前。雖然慕容雪的身材並不算真的很高大，但藤原綾實在太嬌小，以至於藤原綾走到慕容雪面前的時候，藤原綾還是得抬頭看人，這氣勢上似乎又輸了一截。

「喂！妳在這邊幹嘛的？妳是誰啊？為什麼本小姐以前沒看過妳啊？李永然人咧？我有事情要找他，叫他出來。」

藤原綾如此咄咄逼人，開口態度這麼差勁，我都感覺不好意思了。

倒是慕容雪頗鎮定的，聳聳肩，說：「其實我也不知道師父這次又上哪去修行了，小姐如果是要找他的話，我就愛莫能助了，不過……」

「等等，妳說什麼？」沒等慕容雪說完，藤原綾就很沒禮貌的打斷了她的話，搶著問說：「妳剛才說的是『師父』嗎？」

慕容雪啞然失笑，點點頭，笑著向我們三人行了一個禮。然後藉由自我介紹，解釋了為什麼她會出現在這裡的原因。

「大家好，敝姓慕容，單名一個雪字。熟人叫我小雪，自目的叫我阿雪，不熟的都叫我慕容姑娘。本姑娘是建成仙人李永然的關門大弟子，在師父雲遊四海的時候，這間道觀就由我負責管轄。幾位上來道觀說要找師父，不知道有什麼事情可以讓小女子替大家效勞的呢？」

聽完了慕容雪向我們做的正式的自我介紹，我滿臉驚訝。因為我完全想不到，這傢伙竟然在我不知道的時候變成了魔法師，甚至還是建成仙人的關門弟子？

這到底是怎麼一回事啊啊啊啊啊！

NO.003

我所做的一切，都是為了妳啊！

「啊哈哈哈哈哈哈哈哈哈……」

慕容雪引領我們進入道觀正堂，安排好位置坐下之後，我們便開始講述此行的來意。結果還沒講到重點主題，才剛說到我其實已經成為魔法師的時候，慕容雪就笑得不支倒地，躺在椅子上笑個不停。

雖然這傢伙跟我已經熟到我不把她當女人看、她也沒把我當男人看，加上她的個性和說話風格都跟我很像，所以我多少也能猜到這傢伙會有這樣的反應。但沒想到她竟然這麼誇張！

我有些不高興的說：「欸～是有多好笑啦！笑成這樣也太誇張了吧？」

「唉唷唉唷～不是啦！啊哈哈……真的，很難想像啊！啊哈哈……呼呼……」慕容雪抹去眼角的淚水，深呼吸一口氣，還偷笑兩聲之後，才問我：「欸～分開幾年之後，你竟然變成魔法師了，這到底是怎麼回事啊？」

「靠！我才想問妳到底什麼時候才變成……」

「那些都不重要吧？」

就在我和慕容雪抬槓的時候，藤原綾開口打斷了我們的對話。

從慕容雪登場以來，藤原綾的怒氣值就不斷的往上攀升，所以她開口的語氣並不好。她不爽的對慕容雪說：「我們今天來這邊可不是來找妳敘舊泡茶聊天的！我說了我們有事情要找李永然！妳說他不在的話找妳就好，那好，妳就先聽我們講完來意行不行啊？講沒兩句就在那邊跟我的……跟死陳佐維聊起來了，尊重一下我們可不可以啊？」

「嗯，好。」慕容雪點點頭，說：「那，小綾啊～妳就說……」

「誰准妳叫我小綾了？」

慕容雪皺起眉頭，嘆口氣之後說：「是是是～藤原小姐！妳就把妳的來意說清楚吧！我好好聽就是了。」

藤原綾這樣三番兩次的跟慕容雪作對，讓我覺得有些尷尬，畢竟慕容雪真的是我的好朋友，我不太希望她跟大家的關係搞得這麼僵硬。不過因為我也不敢跟藤原綾作對，所以最後我還是沒有說話就是了。

於是，藤原綾就把我們的來意說了出來。

慕容雪雖然平常看起來散漫散漫的，但該認真的時候還是挺認真的。在認真的聽藤原綾說完後，她聳聳肩，說：「原來是這樣，但其實我也沒辦法幫佐維～」

「咦？」

慕容雪笑了笑，說：「我們跟道教雖然系出同門，但事實上並不一樣。對我們來說，道生一，一生二，二生三，三生萬物。所以我們的信仰、魔法系統的最根本就是這個『道』字。然而說到底，道又是什麼？所謂『道可道，非常道』。可以講得清楚的道就不是什麼道了！最貼近的解釋，就是門口那塊石頭上所寫著的『道法自然』。」

「聽不懂妳在說什麼啦！」藤原綾不屑的說著。

「簡單的說，就是一切順其自然、無為而治。」

慕容雪搖搖頭，說：「所以啦！雖然本姑娘在知道了佐維竟然也成了魔法師之後很開心，也很想跟佐維一起練習魔法，可是我們這邊真的愛莫能助。不是說修習黃老道系統的就一定懂軒轅劍的奧秘啊！說一句難聽一點的，要不是我今天親眼看到佐維拿著軒轅劍出來，我原本還以為這把劍根本只是遊戲中才會出現的裝備咧！」

聽完慕容雪的話之後，藤原綾點點頭，說：「原來如此！所以現在的情況是，妳一不知道李永然的下落，二也沒辦法幫我們解決眼前的困難，對吧？」

「嗯，順其自然、無為而治。或許佐維只是他與軒轅劍的緣分未到，也或許佐維他根本不應該、不適合選擇軒轅劍作為自己的武器，不過不管怎麼樣，天時、地利、人和三者湊齊的情況之下，佐維肯定能精進自己的造詣的。」

慕容雪笑嘻嘻的說：「呵呵……既然來者是客，雖然小道觀很寒酸～但是最近生意還算不錯啦！幾位要不要留下來吃頓飯再走？因為人家想跟佐維多聊聊天耶～」

我原本已經要點頭答應了，因為我很想知道為什麼慕容雪她會成為建成仙人的關門弟子，感覺在她搬家、轉學之後，她似乎也有很多精采的故事可以跟我分享，我想和她多聊聊天。

但是我家社長馬上拍桌子，大聲道：「不用了！要不是因為要幫忙這傢伙，我連來這裡都懶！光看到這邊的樣子我就想吐！現、現在又多妳這個這麼討厭的傢伙，本小姐連一秒鐘都不願意待！死陳佐維，我們走！」

不用等藤原綾暴走，我就知道事情會是這樣發展啊！

藤原綾本來就討厭有異性出現在我身邊跟我很要好了，這點是經過國際認證的。要不是因為她拿韓太妍完全沒轍，憑韓太妍這一個月來對我的親密舉動和對藤原綾的挑釁行為，韓太妍沒有在夜深人靜的時候被藤原綾殺人滅口碎屍萬段，我才不信啊！

所以啦！雖然我心裡面不怎麼把慕容雪當成異性看待，而且論美貌度，慕容雪也根本不是兩人的對手，但憑著慕容雪跟我從小穿同一條褲子長大的「青梅竹馬」關係，以及那熟到不行的互動，我也猜到藤原綾八成會討厭慕容雪到極點啊！

而且這次不只是藤原綾，似乎連韓太妍也不太願意跟慕容雪深交。一聽到藤原綾拍桌子說要走人，第一個站起來的竟然是韓太妍！

眼看幾位客人說走就走，慕容雪臉上顯得有些失望。然後她立刻跑到藤原綾面前，拉著她的手說：「拜託啦~~人家真的很久沒跟佐維好好聊聊天了！我想好好跟他敘敘舊嘛！晚點我親自送他回家，這樣可以嗎？」

藤原綾看了看慕容雪以及她緊握著自己的雙手，哼的一聲把手抽了回來，然後指著我

問她：「妳跟死陳佐維到底是什麼關係？」

「呃……」

慕容雪愣了一下，就連我也愣了一下，因為我不知道該怎樣才能夠確切的形容我和慕容雪之間的關係啊！

結果慕容雪倒是先回神過來，笑著對藤原綾說：「這傢伙是我的孽緣啊～」

「孽妳的大頭啦！」藤原綾惡狠狠的指著我說：「聽清楚了！這傢伙是我的男、朋、友！」

聽到這句話，慕容雪整個人呆住了，嘴巴張得開開的，表情非常的意外。而不知道為什麼，看到慕容雪露出這樣的表情，藤原綾倒是又露出那招牌的小惡魔笑容，甚至還回身親密的勾著我的手，想把我拉走。這時她還嗲聲嗲氣的說：「走啦走啦～我們回家再想辦法齁～」

我不知道要怎樣跟慕容雪解釋，但由於藤原綾拉著我的力氣還算大，所以我也來不及向她解釋，就硬生生的被藤原綾拉走了，跨過門檻的時候還差點被絆倒啊！

但就在我們離開了道觀正堂，穿過中間庭院，準備要從大門離開的時候，一名穿著白色系服飾的少女從門口走了進來。

她長得非常美麗，美若天仙、仙女下凡就是在形容她也不為過。她全身都穿著純白色的「愛跌倒」牌運動套裝，連運動鞋都是白色的，及腰的長髮在走路的時候還會隨風飄逸；更引人目光的，就是那連白色運動外套包緊緊也包不住的超傲人好身材。

整體搭配在一起，加上身處道觀這種環境下，有那麼一瞬間我還以為是觀世音菩薩下凡顯靈了。

而這都不是我們會停下來向她行注目禮的主要理由。

我們會停下來向她行注目禮的原因是因為，我和藤原綾都認識這傢伙。

就好像我突然有了朱元璋的皇帝嘴一樣，就好像我和賭神一樣能隨心所欲的從牌堆裡抽出自己想要的東西似的，說什麼就來什麼。我在山下才剛想到有個叫做公孫靜的侍劍可能可以幫我，結果上山來她馬上就出現了啊！

沒錯！出現在我們面前的不是別人，正是那個應該在【天地之間】的侍劍——公孫靜

啊！

公孫靜小姐看到我們幾個，她也停下腳步。而她的眼神、視線，更是集中在我身上。

韓太妍應該沒看過公孫靜，她本來還要繼續往前走的，但是看我和藤原綾都停了下來，就跟著停下。而追在我們身後的慕容雪，看所有人都不再走了，她也很捧場的跟著停下腳步。

就這麼一瞬間一轉眼，在場所有的人都定格在原地。只有秋風不停的吹、落葉不斷的飛，要不然我會懷疑連時間也跟著停住了。

靠腰！怎麼會在這邊出現啊？

雖、雖然我覺得公孫靜小姐是現在這個世界上唯一一個可以讓我抱著她哭喊「哆啦A夢～我魔法都學不好～快拿道具救我啊～」的人了，可是相較於這份情緒，我看到她的第一念頭就是……

好尷尬啊！她還記不記得上次在【天地之間】的那個吻啊？

「……陳佐維？」

首先打破沉默的人是公孫靜。

雖然她從頭到尾視線都集中在我身上沒離開過，害我有點害羞，但終於開口才是讓我們肯定她的確是為了我而來。

有人先開口，那沉默的氣氛就像是有了破洞的氣球一樣，一下子就消失了。

藤原綾馬上擋到我面前，用一種「這傢伙是我在罩的啦！」的語氣對公孫靜說：「妳想幹嘛啊？」

公孫靜看了一下藤原綾，又看了看我和藤原綾握住的雙手，再看了看藤原綾。那眼神似乎多了一絲困惑，但她很快就恢復一開始的堅定清澈，對我說：「我有話想跟你說。」

「有、有話要跟我說？」

有話要跟我說是要說什麼啊？想問我記不記得那個吻嗎？我每天都會想到一次，每逢國定假日還一天想好幾次啊！但她的表情又不像是這樣啊？她還有什麼事情好問的啊？難道……難道……

難道說，她是要來找我算那筆把【天地之間】弄得天翻地覆的帳嗎？

當初我離開【天地之間】的時候非常的狼狽，不但是夾著尾巴逃跑的，還搶了人家的鎮山之寶，還把那裡弄得人仰馬翻、天翻地覆……

雖然我多少有「因為這輩子可能再也不會碰上那邊的人」的心態，而將此事稍微沒放在心上，但我心裡的罪惡感偶爾還是會大到讓我在午夜夢迴時分、夜深人靜、空虛寂寞覺得冷的時候，想到那些善良的村民。

結果沒想到，他們不但真的找上門來了，派來的還是這個公孫靜小姐啊啊啊啊啊！

看我不但想到出神還膽敢回應公孫靜小姐，藤原綾「哼！」了一聲，用力的把我拖走。她朝著公孫靜小姐身後的大門走去，邊走還邊說：「我們沒有話要對妳說的啦！別擋路啦！本小姐要走了啦！」

然而，公孫靜小姐卻沒有要讓路的意思。她搖搖頭，視線自始至終都對著我，表情很堅定，一點都沒有要退讓的意思。

藤原綾又一次停下腳步。這次她放開了我，指著公孫靜小姐說：「妳到底想要幹嘛啦！我就說了我們沒有話要對妳說啊！本小姐現在要離開，妳再不閃邊去的話，就別怪我不客氣了！」

藤原綾嗆聲的氣勢有夠凶狠，這要換作是我，早就嚇得退到一邊去跪著恭送格格出關了。

但公孫靜小姐畢竟是公孫靜小姐，不是廢柴本人我啊！

所以，公孫靜小姐只是把視線轉移到向她嗆聲的藤原綾，然後點點頭，指著我對藤原綾說：「妳可以走，他留下來，我有事情要……」

她的話還沒說完，從慕容雪登場後就一直莫名火大的藤原綾終於到達臨界點，終於爆炸了啊！

藤原綾立刻從自己的胸口掏出靈符，施展出一招最基本的五行令咒，召喚金行元素對著公孫靜出手！

藤原綾的攻勢又急又快，而且不說一聲就出手攻擊，這下子連旁邊觀戰的人都嚇到了，尤其是站在藤原綾背後的我，更是嚇得半死！

但公孫靜小姐卻面不改色的微微側身，用最小的角度、最簡潔的方式，輕鬆自若的閃

過了藤原綾這突如其來的猛攻。

看藤原綾說出手就出手，在我身後的韓太妍忍不住也叫了出來。但這並不能阻止藤原綾想要找個人出氣的舉動。

「小、小綾！」

藤原綾的第一擊沒打中公孫靜小姐，第二擊的水剋火馬上出擊——凝結空氣中的水行元素，朝著公孫靜小姐噴出具有破壞力的水珠！

但公孫靜小姐依然不慌不忙，用右手比出劍指，全身發出淡金色的氣勁，對著那顆衝向她的水珠輕輕一指，馬上就化解了藤原綾接二連三的攻勢。

而公孫靜小姐，也決定要化被動為主動。

她輕喝一聲，空氣中傳來「咻咻咻咻咻」的奇怪聲音。往聲音來源一看，只見一道黑色的閃電破空而來，咻的一聲飛到公孫靜小姐的右手上，定睛一看，才發現那是一把黑色的劍。看到那把劍的當下，我更肯定公孫靜小姐一定可以幫助我學好魔法。

因為那把劍不管是造型還是顏色，都和軒轅劍一模一樣！

不一樣的是，公孫靜小姐的是又細又小又短，是迷你版的，我的則又粗又大又長，是正常版的。

我說的是劍的尺寸，想歪的請自己把書本放下，去旁邊面壁思過！

公孫靜小姐接過軒轅劍mini，眼神、氣勢都變了，一下子威風凜凜、氣勢非常！她一個簡單的呼吸吐納，將剛才變成超級賽亞人才會發出的淡金色氣勁全數納回體內、引入軒轅劍mini之中，只見那把軒轅劍mini整支金光閃閃、瑞氣千條！一看就知道是大絕招即將發動的前奏。

「軒轅劍法．殘月。」

公孫靜小姐說出這絕招名稱的時候，語氣很輕柔、聲音很好聽，好像在朗讀一樣。然而她所揮出來的、我朝思暮想的黃金劍氣，卻強悍的讓人難以想像這是人類可以揮出來的劍氣。

「《五行禁咒歌》東方青龍盤根纏．木剋土！」

這邊廂，就算聚氣不足，就算根本沒有定位五行元素，藤原綾自己也知道眼前這黃金

劍氣強悍至極，不拿出真本事肯定拚不過人家，於是也祭出自己最強大的魔法咒語——《五行禁咒歌》。

就看到藤原綾手上的靈符化作一條若隱若現的半透明青龍，朝著黃金劍氣飛了過去！

然而，在青龍和劍氣即將強碰的當下，現場卻憑空出現了一個人影。雖然她是憑空出現於此，可給人的感覺卻像是她其實本來就站在中間，是大家打得太混亂所以現在才注意到她。

這種感覺很奇怪，我不太會形容，但是接下來發生的事情，就神奇得令人印象深刻了。

那個淺藍色的人影左手召來黑色氣團，右手召來白色氣團，接著那黑色氣團硬生生的震潰黃金劍氣，白色氣團則是把半透明青龍給生吞活剝的消化掉。然後，那人影將黑白氣團融合成一個虛幻的太極形象。最後，現場歸於平靜，不但如此，還一點跡象也沒有留下，好像剛才什麼事情都沒有發生過一樣。

「……這裡是靜修之地，不是讓兩位打架鬧事的地方。」

突然出現的淺藍色身影是穿著學校運動服的慕容雪。她的聲音聽起來很溫柔，語氣聽起來也很平靜，但言詞之間流瀉出來的力量，搭配此時嚴肅的表情，著實讓她有了一股不怒自威的氣勢。

公孫靜小姐把軒轅劍 mini 收了起來，退了一步表示自己的配合。不過她的視線還是一直往我這邊看過來。

但是，我們這邊的藤原綾沒有往後退一步的打算，而是指著公孫靜小姐，語氣很不好的對慕容雪嗆聲說：「那妳就叫她退開，然後妳自己也閃邊去啦！我們都要走了，是這傢伙自己跳出來擋在路上不讓我們離開的耶！會打起來妳難道要怪我嗎？」

雖然藤原綾很敢講的情況已經不是第一次出現了，但明明先生氣的人、先出手的人都是她，結果打不過別人了，竟然還可以跳出來說都是 They 的錯，她敢講的程度已經超越人類的極限了吧！

就在這個時候，一直都沒有講話的韓太妍也跟著站出來，用比較理性的口氣向慕容雪說：「慕容小姐，雖然我們這邊因為情緒失控而先出手是有不對的地方，但就像小綾所說

的，事情的確是妳這位朋友所引起的。我們現在要離開這裡，還請妳們讓個路。」

慕容雪現在已經沒有剛才那種天仙下凡的氣勢，感覺又恢復平常那種脫線的狀態。她雙手扠腰，歪著頭呼了一口氣，才點點頭，回頭看著公孫靜小姐問：「小靜啊～其實我剛才在後面都看到了耶！妳怎麼不讓他們過去呢？」

公孫靜小姐看著慕容雪，一向面無表情的她此刻竟然露出了一點猶豫的樣子。她欲言又止了一下子，才又看著我說：「……我有事情想要詢問那位陳佐維。」

「……佐維？」

聽到公孫靜小姐說有事情要問我，慕容雪便又把頭轉回來，充滿疑惑的看著我。

然後，韓太妍也轉頭疑惑的看著我。

最後，藤原綾凶狠的先瞪了我一眼，拉著我便要往前走，邊走還邊說：「我們沒有答案可以回答妳啦！死陳佐維！我們走！」

「等一下。」

眼看藤原綾要把我拉走，慕容雪倒是出手攔下我們。她嘟著嘴看著藤原綾和我牽著的手，然後嘆了口氣，說：「我們家小靜也不是要找妳，是要找佐維的！佐維都沒表示意見了，妳這麼急著要帶他走是怎樣？」

「我說什麼就是什麼啦！死陳佐維，我們走啦！哼！」說完，藤原綾拉著我又要往前走。

而慕容雪的表情倒是逐漸的不爽起來。

慕容雪搖搖頭，雙手交叉在胸口，瞪著藤原綾說：「我又不是問妳，我是問佐維的意見。」

說完，她視線轉向我，直接問我：「佐維，你說！你如果不願意留下來聽聽小靜的問題，那我馬上帶著小靜閃開。」

「妳……」

藤原綾氣到不行，然後用力的甩開我的手，回頭瞪著我說：「死陳佐維！你快點說話啊！說你也不想留在這個討厭的地方了啊！說啊！」

我看了看眼前的藤原綾，然後又看看在場所有等我開口說話的女孩，視線再看回藤原

綾。最後我深呼吸一口氣，對慕容雪說：「阿雪，妳等我們一下好不好？」說完，我拉起藤原綾的手，回頭往道觀的方向跑去。

韓太妍見狀，也立刻跟了過來。

回到道觀裡，藤原綾很不開心的再次甩開我的手，然後走到我面前，氣沖沖的用手指一直戳我的胸口，一邊戳還一邊說：「死陳佐維！你要她們等我們一下是等什麼意思啊？你是不是想要留在這邊啊？說清楚啊你！」

「唉唷唉唷～先、先聽我說完妳再生氣好不好？嗚嗚～今天我又沒惹妳，妳幹嘛從阿雪出現之後就生氣成這樣啊？」

「誰說本小姐是因為那傢伙才生氣的啊！你這個大白痴！」說完，藤原綾就給了我一拳，然後雙手交叉在胸前，惡狠狠的瞪著我。就連旁邊的韓太妍也搖搖頭，嘆了一口氣。

我揉著疼痛的頭，看著凶神惡煞的藤原綾，故作可憐兮兮的樣子說：「唉唷……反、反正妳先讓我說完我想說的，妳再生氣好不好？」

「你……」

藤原綾又把拳頭舉起，但這次卻沒有扁下來，而是把手收回去，哼了一聲：「本、本小姐就姑且聽聽看你這沒良心的到底想要說什麼！快點說啦！說一說本小姐要回去了啦！哼！」

藤原綾願意聽，真的是祖上積德上帝保佑啊！

於是，我立刻把從看到公孫靜小姐之後就一直想要說的事情，用最快的速度整理好，向藤原綾說了出來。

「我想要留在這邊。」

聽到這個答案，藤原綾像是有些不敢相信一樣。但她沒有打我，而是非常不甘心似的點點頭，說：「……你要留在這邊就留著吧……我、我不管了啦！討厭！王八蛋！哼！我要回去……」

「欸欸~我還沒講完啊！」

眼看藤原綾說走就走，我趕緊拉住她的手，然後繼續說：「我所做的一切，都是為了妳啊！」

藤原綾愣了一下，停下腳步，回頭瞪著我說：「為了把我氣死吧？你……你到底想要怎樣啦！一次講清楚好不好！」

其實我也很想一次講清楚，可是妳自己每聽一句就要暴走一次，我是要怎樣才能一次講清楚啊啊啊啊啊！

心裡面的抱怨當然是沒有真的說出來啦！

不過藤原綾既然這樣講了，就表示這次真的願意讓我先說完，所以我趕快把剛才整理好但卻還來不及講完的內容更精簡後講給她聽。

「我知道妳一直都對我很好。」

我緊握著藤原綾的雙手，很認真的看著她的雙眼，說：「我很清楚，對於我的魔法教學，或者其他的一切，妳總是不遺餘力。因為妳就是這樣子的人啊！所以我也很清楚，當美惠子阿姨說妳對我所有的努力都是白費功夫的時候，妳有多難過！我都知道！所以我才下定決心，為了妳，我一定要學好魔法！真的！這一切都是為了妳啊！」

藤原綾愣了愣，才搖搖頭說：「才、才怪咧！那你為什麼不跟我一起下山去，我們一起從頭開始？你想留在這邊不就是因為那頭乳牛或者……或者那個慕容雪嗎？」

我搖搖頭。

其實我想留下來的理由真的是因為公孫靜小姐啦！但這時候要是我真的這樣講，那大概公孫靜的靜字還沒講到，我就會變成道觀裡的屍體了。

我繼續說：「不，是因為我想要把魔法學好！」

「她就說她幫不了你了！」

「不是阿雪！」

我搖搖頭，苦笑著說：「是……公孫靜小姐。我知道妳很討厭她，但真的，我猜我的魔法一定得靠她才能完成……我想留在這邊，是因為我知道公孫靜小姐她可以幫我把魔法學好！但那也只是因為剛好公孫靜小姐可以幫我，我真的是為了不要再讓妳這麼難過，才會決定留在這邊的啊！」

藤原綾看著我的表情非常的複雜，好像有些高興，又好像想要哭哭。但就在她要說話之前，一直在旁邊沒說話的韓太妍卻先開口了。

「這是佐維哥的告白嗎？哇喔～佐維哥很難得這麼勇敢的這樣跟小綾說話，想不到說的就是一切都是為了小綾的告白感言耶！太妍聽了都快哭了唷！」

聽到韓太妍這樣講，我和藤原綾兩人臉都紅了，握著的手也立刻分開。

藤原綾更是立刻指著我說：「告、告妳個頭啦！這傢伙本來就是我男朋友，做什麼都是為了我本來就是應該的啦！我、我只是……吼唷！死陳佐維！都是你啦！大笨蛋！大白痴！哼！」

看著藤原綾這樣又羞又窘的解釋，韓太妍臉上的笑意更濃。然後她走到我們面前，說：「小綾啊～告白歸告白，不過我覺得我們還是不可以太相信佐維哥喔！」

「啊？」

韓太妍笑咪咪的說：「他說要留在這邊跟那位爆乳女學魔法，可是呀～佐維哥的定性妳真的可以相信嗎？妳就這麼放心的讓他一個人留在這邊？留在爆乳女還有那個『孽緣』

的身邊嗎？」

韓太妍這番話說得藤原綾馬上就進入了思考模式，她的眼神又變回一開始那種不友善的狀態。

這讓我有點想要掐死韓太妍啊！

本來都安撫好了，結果妳就偏要來搗亂這是哪招啊！

「依我看啊～既然佐維哥都大膽的做出告白了……小綾啊～妳要不要乾脆也留下來，在這裡監視佐維哥呢？」

藤原綾一手扠腰，另一手撫著下巴。先看了看我，又看了看韓太妍。

……然後，她點了點頭。

走出道觀，藤原綾又恢復那個趾高氣揚的囂張態度。她走在我們三人最前面，直往坐在門外欄杆上的慕容雪以及公孫靜小姐的方向走去。

藤原綾一路走到她們兩人的面前，停下腳步，雙手扠腰，抬頭對慕容雪說：「我們決

定留在這邊！」

慕容雪愣了一下，轉頭看了看旁邊一直都面無表情的公孫靜小姐，然後露出燦爛的笑容，對我們說：「太好了啊！有朋自遠方來，不亦樂乎！我們這個小道觀今天晚上可熱鬧囉～」

於是，最後，我們結社的二點五個成員，一共三個人，就這樣統統留在山上了。

⊕⊕⊕　　⊕⊕⊕

由於天色已晚，所以慕容雪幫我們安排好三間客房之後，就去準備晚餐了。而這段時間我們三人可以自由活動，於是藤原綾和韓太妍便聚在我房間開會。

想當然，首要之急，就是先去找公孫靜小姐確認所有的事情。

第一，當然是問她有沒有辦法可以幫我修煉魔法！假如她的答案是不行，那就表示我們還得另請高明，也就沒必要繼續留在這裡讓藤原綾不開心了。

第二，就是我其實也很好奇，到底公孫靜小姐找我是為了什麼？

然而，我們三人才剛決定要去找公孫靜小姐，就馬上有人過來敲門。

「……是誰？」韓太妍立刻向門外詢問。

「……是我，侍劍．公孫靜。」

聽到門外傳來這樣的答案，我們三人立刻對看一眼，然後韓太妍才又問：「請問妳有什麼事情嗎？」

「我有事情要找陳佐維談。」

我們三人又對看一眼，然後韓太妍才又說：「可以呀！佐維哥在這裡，妳進來，大家一起談看看，到底是什麼事情，好嗎？」

「不，我只要找陳佐維。」公孫靜在門外淡淡的回應：「這種事情並不適合在眾人面前討論。」

我們三人又對看一眼。妳看看我、我看看妳，看了半天，藤原綾才嘆了口氣，點點頭對我說：「你出去吧……可你最好別給本小姐亂來，不然我就把你閹掉！」

「嗚！我知道了啦！」

於是，在取得藤原綾的同意之後，我自己起身開門走了出去。門外，穿著純白色運動服的公孫靜小姐靜靜的站著。這麼久不見，除了身上的衣服從夢幻的輕飄飄古裝換成現代化的運動服，她的美貌和身材依舊是這麼驚豔動人，而表情也依然沒有什麼情緒上的變化、波動。

我把門關上，然後隨手打開了旁邊的空客房就走了進去，公孫靜小姐跟著我走進來之後，順手關上門。我們兩人就這麼站在房間裡，不發一語的看著彼此。

我很想知道她想跟我說什麼，相對的，我也有事情想要跟她說，但不知道為什麼，眼前的氣氛感覺有些奇怪和尷尬，於是搞了半天，我們兩人還是只有對看而已。

沉默了將近有五分鐘吧，公孫靜小姐才低下頭，表情有些黯然的問我：「你為什麼要逃走？」

「……啊？」

公孫靜小姐的這個問題問得讓我感到莫名其妙啊！我逃走什麼了？

「我是說……為什麼你把【天地之間】弄成那樣，拔走軒轅劍之後，你要逃走？」

我愣了一下，頓時也不知道要說什麼答案出來。

然而，一旦有人先開口化解了沉默的氣氛之後，話匣子一打開，便自然會有越來越多對白出現。

公孫靜小姐的眼神一下子變得冰冷起來。她往前走了一步，瞪著我，說：「我們【天地之間】等待了千年……等來的繼承者竟然會是一個做事情不敢負責任、沒有擔當的卑鄙小人……你要是不給我一個合理的解釋，我是不會承認你這個繼承者的。」

我完全愣住了！

我抓了抓頭，還很天真的問：「妳、妳不承認的意思是怎樣？」

「我會殺了你，把軒轅劍帶回去。」

靠盃！妳這樣講多清楚啊！我完全知道妳對我的看法是怎樣了啊！

但是清楚歸清楚，我可不想莫名其妙就丟了小命！就算這邊是慕容雪那傢伙的主場，而公孫靜小姐看起來跟慕容雪那傢伙也交情匪淺，但假如我回答不出一個合理的答案，公孫靜小姐一個不高興把我殺死了，所有人都救不了我啊！

「說。」

公孫靜小姐的眼神瀰漫著冰冷的殺氣。同時，她的右手也比出劍指的手勢，甚至還可以隱約看見一點金黃色的光芒正在劍指上匯集。

不是這樣的吧？我原本以為妳只是來問我軒轅劍好不好用，過來關心一下的啊！為什麼情況會變成現在這樣啊？變成這樣不要說是讓妳教我魔法了，妳等一下殺我的時候肯不肯給我一個痛快都很難講了啊！

「說！」

公孫靜小姐又往前站了一步，劍指更是對著我。

「我、我所做的一切，都是為了妳啊！」

又出現了啊！又是這句話啊！我一天之內到底要跟幾個女孩子說一樣的話啊啊啊啊啊！

雖然這只是我一時被逼急了脫口而出的話，但似乎真的有效。

公孫靜小姐愣了一下之後，眼神裡的殺氣竟消失了！她疑惑的追問：「為了我……這是什麼意思？」

「呃……什麼意思啊……我想一下……」

我抓抓頭，看著她的劍指，又想到她剛才所說的話，然後開始亂七八糟的說：「因、因為啊！妳……妳超正的啦！我一看到妳的時候就覺得妳超正的，然後知道妳一直被關在那個小山洞裡，覺得妳很、很可憐啊！所、所以我就想說要救妳啊！我、我我我我、我就覺得我想要幫妳嘛！所、所所所以我就去把劍拔起來啊！拔、拔了起來之後要是……要是因為那個大家發現我是因為妳妳妳太正所以才去拔劍……那那大家一定會怪、怪怪怪妳的啊！所、所以我、我我我才會逃走的啊！就、就是這樣啦！」

公孫靜小姐的眼神不但殺意全失，更是換上了迷惑的表情。她困惑的看著我，像是有聽沒有懂。

於是我乾脆說得更清楚更簡單，把剛才那一大段濃縮成——

「因為妳、妳很漂亮！我、我很喜歡啊！所以我想要幫妳離開那個山洞又不想害妳被

村民誤會……所、所以我才會想說要逃走……把、把所有的罪名全部都攬到自己身上啦！就是這樣啊！」

公孫靜小姐往後退了一步，一手按著自己的胸口，思考片刻之後，才又問我：「……所以……你並不是，只是因為沒有擔當這一切的覺悟，才逃走的？是因為我？」

「對、對啦！」我點點頭，說：「之、之後我也想要回去找妳說清楚，可是我們這邊去【天地之間】的通道不知道為什麼消失了啊！所以我也只能這樣一天度過一天。可、可是我其實很想妳啊！那天的事情一直到現在，我都還忘不了啊啊啊啊！」

其實我已經不知道自己在說些什麼了，我根本就是亂說一通。我覺得好像只要這樣講，一直不停的講出類似的句子，公孫靜小姐的殺氣就會更減少一些。為了不讓她殺我，也為了能讓她教我使用魔法，我只好繼續拚命的亂講啊！

過了一下子，公孫靜小姐才點點頭，表情像是接受了我的說詞。

結果正當我鬆了口氣，覺得一切都在掌握之中、覺得陳佐維真他媽是個反應快又會嘴炮的天才的時候，事情又有了變化。

只見公孫靜小姐撲通一聲跪了下去，然後朝著我碰的一聲磕了個頭。她就這麼跪伏在地上，對我說：「原來繼承者大人忍辱負重至今，全都是侍劍自己誤會了大人。侍劍很高興今天能聽聞大人您親口解釋清楚。侍劍公孫靜在此立誓，從此絕無二心，隨侍在夫君大人身旁，至死不渝！」

「也不用這麼嚴重啦……快請……呃，等、等等等等一下！」

我本來只是想扶起公孫靜小姐，結果一聽清楚她所說的話，我才發現事情好像不得了啊！於是我立刻追問：「妳、妳妳剛剛剛才說的是……是夫君大人還是繼承者大人啊？這個……意思好像不太一樣吧……啊哈哈……」

公孫靜小姐緩緩抬起頭。剛才的響頭讓她額頭沾上了灰塵，但她卻露出了難得的迷人微笑。

她點點頭，跪著說：「祖宗遺訓，身為侍劍，必須要隨侍在軒轅劍繼承者的身旁。異性結為夫婦，同性結為兄弟姐妹。您是軒轅劍的繼承者，自然也就是我侍劍的夫君了。只希望……夫君您不要嫌棄我這個什麼都不懂，只知抱劍為生的侍劍了。」

我驚訝的嘴巴都合不攏，下巴差點要脫臼啦！

什麼鬼啊！現在都二十一世紀，哆啦A夢都快要被製造出來了，還有人信這一套啊？祖宗遺訓說要結為夫婦，你們問過當事人意見沒有啊？

我傻愣愣的坐到旁邊的椅子上，看著還跪在地上的公孫靜，突然覺得事情變得很大條了。我本來只是想要來學魔法的，結果莫名其妙的就成了別人夫君，我自己還不知道？這是什麼鬼劇情？誰編的啊？

「夫君大人……您……不高興嘛？」

「呃……不、不是啦！」

我趕緊搖搖頭，說：「這、這其中應該是有什麼誤會吧？那個，我、我一點魔力都沒有，一點魔法都不會耶！我這麼廢，妳……妳確定我真的是繼承者？其、其實我覺得我搞不好只是幫別人把劍拔起來而已啊～啊哈哈哈～」

公孫靜淺淺一笑，說：「有關夫君您的武功和靈氣的問題，奶奶已經有跟侍劍提點過了。夫君放心，侍劍除了可以保護您的安危外，最重要的，便是還能將自己一身的本事傾囊相授。到時候夫君跟我學了『軒轅神功』，我們夫妻倆雙劍合璧，必定能將上古黑龍消滅的！」

「……啊哈哈……那很好……很好很好……」

我點點頭，然後站起來說：「那個……不、不然我先回去休息妳說怎麼樣？我、我覺得事情有點……啊哈哈超出我的預期……反、反正我可以跟妳學魔法，我是說，學功夫，對吧？」

「是的。」

「那很好……我、我先走了，妳好好休息……」

聽到我說要走，公孫靜立刻站了起來，說：「讓侍劍送夫君回房休息……」

「千萬不要啊！」

她的話還沒說完，我趕緊打斷。

被我打斷，公孫靜一臉疑惑。

我支支吾吾的向她解釋：「那個，妳、妳也知道我現在的老闆是個母老虎啊！她……

反、反正妳跟我這個夫婦的關係也別向其他人說，只有我們兩人知道就好了，可不可以啊？」

公孫靜皺著眉頭，問我：「是藤原小姐嗎？夫君……其實我看您被她這樣欺負，現在想想，我也很捨不得。堂堂軒轅劍繼承者大人，不應該遭受如此對待。您放心好了，我現在就去幫您跟她解釋清楚。」

「不必！真、真的啊！今天的事情先別跟別人講，晚、晚上吃完飯我會再回來找妳繼續討論啊！暫、暫時先別亂說話，乾脆假裝不認識我啊！再見，掰掰！」

說完，我立刻轉身打開房間門。

在我摸到門把的同時又聽見「啪機」的一聲，然後我才打開了門。一打開，就看到藤原綾和韓太妍竟然附耳在門上偷聽的畫面，我嚇得差點尿褲子啊！

「出來了啊！」

藤原綾一看我出來，趕快跑過來問我：「欸你跟那乳牛講的怎麼樣？門上有封印，我們啥都聽不到耶！結果到底是怎樣？她行不行啊？」

聽到藤原綾說她聽不見，我心裡的石頭才放了下來。

就在我注意到公孫靜準備要出來向藤原綾打招呼的時候，我立刻把門關上，然後拉著藤原綾和韓太妍的手，笑容滿面的把她們兩人拉走，一邊拉、一邊說公孫靜她有辦法能幫我～公孫靜超神的！然後打死不提到底發生了什麼事情。

幸好公孫靜還真的聽話，我說不要提，她就真的連一個字都不說。

在吃晚餐的時候，慕容雪一直問我們生意談的怎樣，公孫靜就只是淡淡的說事情談完了而已。要不然，要是她不小心說了什麼夫君跟她之間只是誤會之類的話，我看她大概還沒真的嫁過來就要守寡了。

⊕⊕⊕　　⊕⊕⊕

吃過晚餐，大家又各自離開去休息了。

韓太妍和藤原綾則是把我拉過去，問我到底真正的情況是怎樣。我當然沒有講出來，

但我也沒忘記和公孫靜約好了吃完飯之後去找她，所以跟她們兩人說了我要去找公孫靜學新魔法之後，就趕緊溜了出來。

來到公孫靜房間，公孫靜一見面就要跟我來那套請安問好的古代夫婦相處之道。我趕緊要她別這麼做，然後直接進入正題。

「……所以，就是因為這樣，我想要跟妳學習妳今天說的那個『軒轅神功』。」

聽了我的來意，公孫靜點點頭，說：「這是侍劍的職責，還請夫君大人……」

「欸等等！」

沒等公孫靜講完，我就打斷她，先提一件我個人認為攸關我生命安全的事情：「妳可不可以不要叫我夫君大人啊？」

公孫靜點點頭，很認真的問：「夫君大人比較喜歡近代一點的稱呼……或者，我可以叫你老公嗎？」

「……我完全不是這個意思啊！」

我趕緊搖搖頭，說：「我只是……唉唷，還不習慣啦！我會害羞，我臉皮薄！妳又這麼漂亮，所以要是在大家面前這樣叫我，我真的會不好意思……所以……呃，如果一定要喊個比較親密一點的稱呼，妳可以叫我佐維就好了。」

公孫靜點點頭，說：「是的，佐維。」

我總算是鬆了一口氣，點點頭很感動的說：「這真是太好了！我們趕快開始進行那個『軒轅神功』的教學吧！」

「軒轅神功」，相傳是軒轅黃帝所創的一門武功，重點在可以發揮出軒轅劍的力量，用以克敵致勝，消滅萬惡黑龍。

——就我的認知，這「武功」指的應該是魔法。

「軒轅神功」有分內功心法和外功劍法。必須要先修煉內功軒轅心法，有了「靈氣」，才可以學習外功軒轅劍法。

——就我的認知，這「靈氣」指的應該是魔力。

簡單的介紹之後，公孫靜便主動說要幫我檢測一下我體內的靈氣強度。我一開始還推

托說不要，因為我自己知道這結果肯定超難看的，可是公孫靜還是硬是幫我檢測了。而檢測方式並不複雜，就只是把脈罷了。

「其實跟你所說的並不同。」公孫靜檢測完我的靈氣後，笑著說：「佐維你的靈氣雖然不強，但潛力很高，只是沒有人幫你應用出來罷了。只要跟著我一起修煉軒轅心法，把這潛力轉為實力，你應該很快就可以學習軒轅劍法了。」

我愣了一下，苦笑著說：「妳別安慰我了……我自己資質怎樣我最清楚……不過，我還是希望妳說的是對的。」

「嗯，那我們現在就開始練功吧！」

說完，公孫靜要我上床去盤腿打坐。然後她把一些我不可以洩漏給你們知道的運功要訣商業機密講出來要我記好後，便跟著上床，來到我身後坐下。接著她從我身後把我環抱住，左手貼在我胸口，右手貼在我的丹田上。

這舉動嚇了我一跳，我趕緊站起來，回頭對她說：「我、我自己應該就可以練功了吧？」

公孫靜點點頭，但還是堅持著說：「佐維你就坐下來吧！這第一次練功還是讓我帶著你運行一次靈氣，你得清楚了靈氣的運作才行，這樣子才能發揮事半功倍的效果呀！」

我有點半信半疑，不過想想，她應該也沒那麼無聊要用這種方法害我，反正給美女抱著除了我尷尬點外，也沒啥吃虧。

於是我又坐了下來，對她說：「妳上吧！我會享受的。」

公孫靜點了點頭，又繼續抱著我。

老實講，也是到了這時候我才注意到，被她這樣抱著，比較尷尬的情況倒不是她的手怎麼擺，而是因為她的胸部太大了！所以她的胸部是緊貼在我背上的。背上傳來她胸部柔軟又富有彈性的觸感，真的讓我很難不想歪！

這個練功的姿勢到底是哪個天才發明的啊！我看電視上要是有要傳功，不都是面對面、掌心貼掌心的嗎？發明這種姿勢的人根本色胚來的啊！

「佐維，專心！要開始了。」

「……嗯。」

我點了點頭，然後閉上眼睛，按照公孫靜在開始前所說的那些口訣去行功。同時，我可以感覺到有一股強大而溫暖的力量，從我的胸口不斷的輸送進來，這股力量在我體內繞行一周之後，又從丹田的位置出去。

從胸口傳進來的力量一波比一波強悍，在我體內繞行的速度卻是一周比一周還慢，但隨著這股力量每繞行一次，我就可以很清楚的感覺到自己身上一些疲勞的感覺消失了，逐漸被一種舒服的放鬆感覺所取代。

等我眼睛再睜開，已經是三個小時之後的事情了。

雖說如此，但在練功的時候，你完全不會感覺到時間在流逝。而練完功的當下，即使我渾身大汗，但我卻全身帶勁！感覺精神飽滿、身體輕盈。

這種感覺是我從來沒有體驗過的，我猜這就是公孫靜所說的，我體內的靈氣已經開始在運轉的感覺。

於是我回頭問公孫靜：「公孫靜小姐啊！我覺得身體好輕盈，這是不是就是靈氣再運轉的感覺啊？」

「嗯。」公孫靜點點頭。

這時我才注意到，不只是我汗流浹背，原來公孫靜也是啊！而且她穿著的是純白色的T恤，所以一流汗，T恤便會黏貼在身上，T恤底下的內衣、皮膚就因此看得一清二楚啊！

剛才在練功的那個胸部以及現在這個畫面，都是不小心就會讓人走火入魔的吧？公孫靜妳到底是幫我還是要害我啊啊啊啊啊！

大功告成，我看看時間，差不多該回去睡覺了。於是我站了起來，對公孫靜說：「感謝妳！真的！那明天開始我就要自己練了嗎？」

「我都會幫你練，一起雙修練功的話，效果比單打獨鬥好太多了。」

我點點頭，然後笑著說：「那我明天再過來找妳喔！我先回去睡覺了，妳也早點睡！公孫靜小姐，晚安啦！」

「……你、你要回去哪裡？」

一見我要走，公孫靜也趕忙站起來，問我這個奇怪的問題。

我抓抓頭，說：「就，很晚了，我要回我房間睡覺了啊！」

公孫靜搖搖頭，指了指她的床說：「夫、夫妻同床共枕，天經地義……我不懂為什麼你要說回去你房間睡覺……」

看著公孫靜現在的舉動，我又一次感到震撼了啊！

我立刻搖搖頭說：「不、不用了啦！啊哈哈～那個，我、我回去睡覺比較習慣啦……」

說到這裡，公孫靜竟然難得出現了有些難過的樣子。她低著頭說：「……繼承者大人是不是討厭侍劍？」

「咦？」我搖搖頭，說：「沒有啊！妳怎麼會這樣想啊？」

「因為……因為你不讓我喊你夫君或者老公……也不想承認我們之間的關係……甚至現在也不願意與侍劍同床共眠……」

一看到漂亮女孩子難過我就會投降，這真的是我最大的弱點啊！尤其是公孫靜又根本就是仙女下凡、傾國傾城的絕世美女，她根本還不用掉眼淚，只要面露難過神色、語氣有些黯淡，我就立刻用最簡單的方式安慰她了。

「老婆！」

我正色道：「那、那個……其實我真的只是不習慣啦！因、因為妳說妳有祖宗遺訓在罩妳，可是我沒有啊！我一點心理準備也沒有就已經成了有婦之夫了……不習慣難免啦！所、所以啊……等過幾天就比較好了啦！真的！」

公孫靜點點頭，說：「我了解了……老公你有你的苦衷。時間不早了，你趕快回去休息吧！」

「嗯嗯～晚安！」

「晚安。」

說完，我就離開了公孫靜的房間。

在回自己房間的路上，我邊走邊想：馬的，現在我精神整個超好的，等一下是要怎樣睡覺啦！

回到房間一打開門，我就看到藤原綾和韓太妍都坐在房裡，兩人的表情都臭臭的。一看到我回來，兩人本來要起身過來看情況怎樣，結果藤原綾一看到韓太妍手腳比她俐落的搶先來到我身邊，就悶哼一聲又坐下了。

韓太妍笑了笑，拉著我走到藤原綾身邊的位置，一起坐下來。

「佐維哥這次去這麼久～有沒有被那爆乳妹拐走啊～」

才一坐下就做出這麼危險的發言，韓太妍妳真是唯恐天下不亂啊！

聽到韓太妍這樣問，藤原綾臉色馬上又鐵青起來，瞪著我說：「你、你有沒有給本小姐亂來啊？」

「當然沒有啊！就只是學魔法而已，妳們以為是怎樣喔！」我很無奈的解釋：「就真的是練功而已啦……公孫靜小姐她果然可以幫我學習魔法，只是第一次修煉需要比較長的時間把靈氣輸進我體內，之後等靈氣自己成長起來就好了……」

「魔力就魔力，說什麼靈氣！」藤原綾不屑的說：「這些體制外的就是喜歡搞一些亂七八糟的新名詞，自以為很了不起一樣，哼！」

我苦笑著沒有解釋，因為我的看法也跟藤原綾一樣。

韓太妍則是笑咪咪的看著我的臉，看了半天才說：「哎呀~佐維哥剛才想必是學魔法學得很開心唷？」

「哪有？」

「你看看你~連鼻血都流下來了！是不是想到剛才『雙修』練功的內容啊？」

一提到「雙修」，我就想到剛才公孫靜她抱著我練功的畫面，想到剛才背上那柔軟的觸感。可我還是趕緊搖搖頭，抹掉鼻子裡的鼻血說：「才沒有……我……」

而我一搖頭，整個世界竟然也跟著搖晃起來；才一晃眼，所有的景物都成九十度垂直旋轉……直到碰的一聲，太陽穴傳來的痛楚才讓我發現，原來是我自己莫名其妙的倒在地上了。

「死陳佐維？」

「佐維哥？」

我這麼一倒，韓太妍和藤原綾都緊張的蹲下來關心我。但是我的感覺突然在一瞬間被一股強大的熱流取代……那是一股從我丹田散發出來的，好像岩漿一樣的熱流，它燒得我全身經脈都痛苦不堪，燒得我痛苦的縮在地上不斷的顫抖。

我最後的印象，就是一陣狂嘔，嘔出一大堆黑色的血，而那些血在地板上還不斷的冒出沸騰的泡泡和白煙……

然後，我就暈死過去了。

NO.004

教練，我想打籃球

在一陣劇烈的咳嗽之後，我猛地醒了過來。但是我感覺全身都在痛，全身都在發熱，甚至咳嗽還咳出血來。

這把在我身邊，好像一直在照顧我的那個女孩子嚇壞了。

「吼！怎麼又吐血了……嗚……你不要嚇人家……」

那個女孩很著急難過的找來衛生紙幫我擦血，讓我可以咳在衛生紙上，然後一邊輕輕慢慢的拍著我的背，想讓我好受點。但我就只能一直咳、一直咳，咳到好像肺都要破了一樣，好不容易才止住咳嗽，而衛生紙已經用去一包半了。

劇烈的咳嗽之後，我放鬆的往床上一躺，眼睛又閉了起來。

那個女孩就哭了，撲到我身上抱著我，說：「嗚……你快點醒過來啦……你不要嚇我啦……你說過都是為了我……嗚……我可以幫你消災解厄……有我在你不會有事的……你睜開眼睛看看我嘛……」

我努力的睜開眼睛，看著那抱著我哭得亂七八糟的女孩。她的妝都哭花了，變成一張大花臉，好醜好醜。

害我笑了出來。

我想擠出一句話安慰她，要她別那麼難過，可我喉嚨乾渴，一點聲音都沒有。嘴巴開開閉閉的，一個字都說不出來。於是我改變策略，先解決乾渴問題再說，就很勉強的擠出一個水字。

「水、水嗎？你要喝水是不是？我馬上去倒，你等我！」

那女孩急急忙忙的衝了出去，然後我閉上眼睛，又昏了。

再一次清醒過來的時候，我的身邊圍著一大堆穿著白袍的醫生，感覺是中醫。一直在講我什麼體內經脈逆行、氣血倒運什麼的，專業術語我聽不懂，而那個女孩也在那群醫生裡面聽著診斷結果。她氣色看起來很差，好像好幾天沒睡一樣。

這次我就比較有力氣了，雖然身體還在發燒，全身也都還在痛，但我想還是發個聲音，要大家關心我一下，就發出啊啊啊的虛弱叫聲。

這一叫，那女孩趕緊跑到床邊，又驚又喜的問我還有哪邊不舒服，然後又很憤怒的要那群只顧著討論病情的醫生過來看我的情況。

結果看著看著，我就又昏過去了。

然後，我又醒了過來。

「唔……呃……」

我躺在一張病床上，手上插著點滴。雖然我沒力氣動，但我還是憑著眼球的轉動，大概知道這裡可能是醫院。

我的身體好像有比較好了，雖然還是發燒、還會痛，但已經沒那麼嚴重了。只是我沒力氣可以翻身、移動，更不用講坐起來這高難度動作了。我很努力很努力的試著讓脖子轉動，好讓我可以看得更多，結果我成功了，但我看到的畫面卻讓我嚇了一跳，寧願自己沒成功。

因為我看到我已經被人脫光光，只用一塊白布蓋著我的小弟，而身上插滿了金針。那針還不是一般中醫用的短針，每一根起碼十公分長，頂端還在冒著白煙。

我覺得自己好像一覺醒來就變成豪豬了。

躺了一陣子，我的精神越來越好，雖然說還是沒力氣可以移動，但是我睡不著。身上那千百根針扎著的感覺讓我覺得很難過，但難過的同時，身體裡的熱和痛也逐漸在減輕，就好像人家說過的「爽並痛苦著」一樣，超矛盾的。

我開始搜尋腦子裡的片段，想到那個平常凶巴巴的公主病末期患者，竟然會這麼關心我，我突然笑了出來。

就是「噗哧」的笑一下，不是哈哈大笑，因為也沒那麼好笑。

躺了一段時間，我覺得很無聊，也習慣了那些針扎的感覺，就又睡著了。

我又再一次醒來，還是躺在病床上，還是躺在那間病房裡。不一樣的是我穿著淺藍色的袍子，身上也沒有金針。身體空蕩蕩的，什麼也感覺不到。這不知道算不算好事，因為不痛不熱是很好，可是一點力氣也沒有，就不太好了。

就在這個時候，病房的門被推了開來，進來的人是公孫靜。她依舊是穿著那套運動服，但表情很難過。她手上提著一個用塑膠袋裝著的鐵盒，慢慢的走了進來。

「嗨、嗨～」

我躺在床上，對她露出微笑還有主動的打招呼。這舉動八成是嚇到她了，就看她愣了一下，然後馬上撲通一聲的跪了下來，哭了起來。

「嗚……都是侍劍的錯……侍劍要是能多觀察繼承者大人的情況……那天要是能堅持不讓大人離開，今天也不會發生這種事情了……是侍劍對不起繼承者大人……」

她大概沒想到，因為我只能躺在床上，而且病床還算有點高度，所以她一跪下去我就看不到人，只能聽到聲音了。雖然她好像是為了讓我昏迷的事情在道歉著，可我終究還是不習慣別人跪著跟我說話，這會讓我覺得怪怪的，所以我趕緊說：「欸欸……先起來……咳咳！咳咳咳！」

我才剛試著講比較長的句子，卻咳了起來。公孫靜馬上爬起來，把那盒子先放到一邊，撲到我身邊觀察我有沒有怎樣。等確定我沒有大礙後，才像是嚇一跳一樣的瞬間跟我分開，刻意跟我保持距離。

雖然之前公孫靜她並沒有跟我很親密，但是在一起練過功之後，我們之間的互動也沒有這麼生疏了。所以像現在這樣我才剛看她兩眼，她卻立刻退開到一邊去，讓我莫名的有點意外。

「……怎麼啦？妳該不會被藤原綾扁了吧？」

不要問我為啥一看她變這樣直覺就是藤原綾扁她，我相信應該也有不少人會這樣覺得才是。

「侍劍這次太失職了……縱使大人您可以原諒侍劍……不跟侍劍追究。但是侍劍不能原諒自己……侍劍罪孽深重……配不上大人……沒資格常伴您身邊了……」

「知道了還不快滾。」

我正要安慰她的時候，另外一個女孩子的聲音突然傳了過來。我轉頭往門口的方向看去，就看到雖然很憔悴，但還是可以擺出臭臉的藤原綾走了進來。

她直接走到我身邊，瞪著公孫靜說：「妳這個王八蛋！把我的男朋友給害成這樣！還敢賴在這裡不走？快滾啦！」

公孫靜像是做錯事情的小孩一樣，面對藤原綾的咄咄逼人，她只是低著頭默默的不發一語。仔細一看，她的眼眶裡還有淚水在打轉。

我看了看公孫靜，又看了看藤原綾，就說：「那個……其實這次的事情也許只是意外……」

「你閉嘴！等一下我還要跟你算帳！」藤原綾瞪了我一眼，然後又對公孫靜說：「快走啦！還是要我親自趕妳出去？那會很難看喔！」

公孫靜點了點頭，很難過的又看了我一眼，然後才轉身離開。只是藤原綾注意到旁邊的桌子上還放著一個鐵盒，就拿了起來，對著公孫靜丟過去。

公孫靜小心的接住鐵盒，對藤原綾說：「這是……侍劍想說，藤原小姐一直在代替我照顧繼承者大人……特地準備給您吃的便當……」

「不用啦！誰知道妳會不會在裡面下毒啊！快給我滾出去！」

公孫靜真的哭了。她默默的提著便當，轉身離開。

「……不用這麼凶吧？」公孫靜離開後，我才開口出聲。

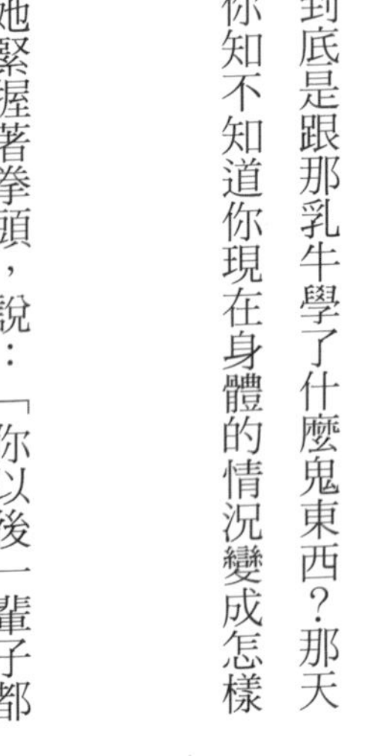

「死陳佐維！」藤原綾回頭瞪著我，說：「你到底是跟那乳牛學了什麼鬼東西？那天你們躲在房間裡面到底在幹嘛啊？很愛學是不是？你知不知道你現在身體的情況變成怎樣了啊？」

「啊？」

「啊你個大頭鬼啦！」藤原綾氣到都快哭了，她緊握著拳頭，說：「你以後一輩子都用不了魔法了，你知不知道啊！」

我愣了愣，心想她大概是在恐嚇我，就笑了笑，說：「不是啦……有這麼嚴重嗎？」

「就是這麼嚴重啦……你這個笨蛋……」藤原綾走到我身邊，一拳一拳的搥著我，但她搥我的力氣沒有很大，反而是一邊搥、一邊哭著說：「你已經不再是魔法師了啦……嗚……媽媽她說她要找人把你的記憶洗掉……把你從【組織】除名……大笨蛋……」

聽到藤原綾說出來的事情，還有她現在的反應，我真的有點嚇到了，趕緊詢問她到底是怎麼一回事。

藤原綾就一邊哭，一邊講述我昏過去之後所發生的事情。

在我昏過去之後，藤原綾和韓太妍兩個人都慌了。

或者該說，因為藤原綾不知道為什麼我會昏過去，所以比較慌，而韓太妍學過一點醫術，所以比較冷靜一點，但還是很慌。

然後韓太妍幫我把脈，說我體內的魔力整個大暴走！於是，她想幫我平衡體內暴走的魔力，便聯合藤原綾一起把我擺出打坐的姿勢，要對我施以扇灸治療術。結果這招不但沒用，我好像還更慘了些。

兩人終於發現自己沒有辦法可以救我，才趕緊找醫生。

在等待醫生的時候，藤原綾才趕快跑去詢問公孫靜，我們兩人剛才到底做了怎樣的修煉。不過，在聽到我的狀況之後，公孫靜也不知道發生了什麼事情。

由於得知了我會七孔流血、高燒不退、昏迷不醒是因為魔力暴走所致，因此請來的醫生也不是普通醫生，而是跟【組織】申請的魔法醫生。這邊我有點迷迷糊糊的印象，大概就是我半昏半醒時看到的那些我以為是中醫的人。

送到醫生手上的時候，我幾乎快要掛掉了，就只差一口氣而已。體內暴走的魔力把我

的全身經脈都搗毀，完完全全的變成一個廢人，甚至部分皮膚還出現了自燃導致的燒燙傷。

那群醫生當機立斷，就先用傳統針灸療法，把我體內失衡暴走的魔力導引出來，一共下針四次，用掉超過兩千根金針，才把我體內的魔力完全導引出去。接著又以西方魔法醫療界高超的外科技巧，輔助東方魔法醫療的傳統魔藥，把我被搗毀的經脈續上，這才度過了生死難關。

但我體內的魔法系統卻因此被毀掉，再也沒辦法使用魔法以及學習魔法，變成一個永遠也不可能成為魔法師的普通人了。

另外，由於那些醫生都是【組織】派來的，所以也把我的情況向【組織】回報了。在得知我的魔力系統全毀，這輩子再也不能使用魔法以及學習魔法後，美惠子阿姨就決定要把我從【組織】裡除名。

其實，本來要被【組織】除名是一件非常困難的事情。就像之前我去做過的魔法檢驗，只要檢驗出來三關有通過一關，那就可以留在【組織】裡混口飯吃。

但是現在我的魔力系統已經全毀，這輩子再也沒辦法成為魔法師了！因此，【組織】將我歸類為普通人，所以要把我從魔法師的世界中除名，對我施放「忘卻魔法」消掉我的記憶，恢復我普通人的身分，可以過正常的生活。

而這幾個月來的魔法夢，也正式的宣告結束。

⊕⊕⊕　　⊕⊕⊕

【組織】的效率一直是我搞不清楚的謎點。有時候非常莫名其妙的沒效率，處理一張Ａ４紙大小的文件都得花上好幾個禮拜，但這次要處理我退出【組織】的事情就顯得非常有效率。

從藤原綾那邊得知的情況，美惠子阿姨已經聯絡好專門施展「忘卻魔法」的忘卻魔法師，要在下個禮拜一，也就是這個週末結束後，要消掉我對魔法世界的記憶。

「……佐維哥，所以你不打算跟我們一起出去玩嗎？」

當我在收拾行李的時候，韓太妍走到我房間門口，倚著門板說：「最後的假日……我想要多一點跟佐維哥在一起的回憶。」

我一邊把衣服塞進包包裡，一邊搖搖頭。

明明就有點想要哭，我還是笑容滿面的轉身，對韓太妍笑著說：「啊哈哈～不啦不啦！我想趁這個假日回臺北老家一趟。昨天晚上打電話回家的時候，我媽都氣到差點就要摔電話了咧！這次我真的太久沒回家了～所以抱歉啦！哈哈～」

韓太妍沒有直接回應我，她沉默了大約五秒，才點點頭說：「如果有機會的話，真希望也可以跟著佐維哥回老家看看。」

「下次啦！」我抓抓頭，笑著說：「下次有機會的話啦～話說，妳東西都整理好了嗎？」

「還沒。」韓太妍搖搖頭，說：「但我收東西很快的……」

「機票訂好了沒？」

韓太妍搖搖頭。

「我們結社有自己的飛機。」

「當我沒問過這個問題。」

沒錯，在得知【組織】在下個禮拜一要把我除名的消息後，我整個人難過到不行。

事情會變成這樣，我真的想都想不到。我真的只是想要加強自己的實力，我真的是為了自己和這個結社，我真的是為了藤原綾在想，才去做這些事情。但就是因為我做了這些事情，卻換來全身魔力系統被廢，這輩子再也沒辦法使用魔法的結果，我真的很難、很難接受。

這讓我真正的覺得累了。

我這幾個月曾經有過的冒險、有過的幻想，在下個禮拜一就要全部消失，變成一場虛幻的夢。

所以我決定自己一個人回臺北老家，放鬆一下這幾個月來緊繃的心情。

當天晚上，我騎著機車來到統●轉運車站，買了回臺北的車票，搭車回到老家。

我的老家位在新北市的某區山腳下，是一個不算偏僻但也不繁榮的鄉下地方。反正都要回家了，這邊我也得先跟各位介紹一下我的家人。

打開我家大門，就可以看到只要下班就守在客廳沙發上看電視的老爸，他是一間銀行的經理。然後往旁邊看，就可以看到身為家庭主婦的老媽，正在廚房準備香噴噴的料理，要好好的讓我這個「出門就當作失蹤，回家就當成找到」的遠遊學子補一補疲憊的身體和空虛的心靈。

在我房間正對面的房間，是屬於我妹妹的。我沒特別去找她，就只是敲個門打個招呼說我回家了。看她穿著亂七八糟的睡衣和四角褲，盤腿坐在椅子上玩臉書小遊戲，連回頭看我都沒有就算是打過招呼了，我真的覺得過去幾個月我碰上的女孩子隨便都比她有氣質多了。

啊！一不小心就提到那些女孩子了，這實在是不應該再提起。

最後，就是我自己的房間了。

推開房間門，把包包往床上一扔，跟坐在桌前玩電腦的慕容雪打過招呼，我就往床上一躺，好好享受這張本應屬於我、但我卻很少躺的柔軟大床……

……呃……

我立刻又坐了起來，指著正在玩電腦的慕容雪說：「靠！妳怎麼會在這邊啊！」

「坐車回來的。」慕容雪轉過來，笑嘻嘻的說：「怎樣？不歡迎我嗎？」

「也、也不是啦……可是妳……妳不是搬去臺中了？」

「嗯啊～所以阿姨讓我晚上睡這邊啊～」慕容雪站了起來，伸了個懶腰，說：「你別想太美，我要去跟怡恩睡覺！不過如果你想跟我一起睡的話，那我也不會反對啦～嘿嘿！」

「嘿妳個頭啊！北七喔！」我苦笑著，看著眼前這個從小跟我一起長大的青梅竹馬、分開後又重逢卻變得謎團重重的慕容雪，搖搖頭，嘆口氣，就不說話了。

慕容雪離開椅子，也上床來坐到我身邊，說：「……我有聽說了，你要被除名的事情。」

「嗯……」我點點頭，但沒有多做表示，只是擠出笑容說：「對啊！啊哈哈～反正我也從來沒有厲害過，早點放棄對我搞不好會是好事！」

「是這樣嗎？」慕容雪歪著頭說：「你少裝了～我認識你超過二十年，你在想啥本姑娘不可能不清楚的！」

我愣了一下，然後又嘆了一口氣。

「難過又怎麼樣？」我低著頭，很無奈的說著。

就在這時候，慕容雪突然主動的抱住我。她的動作很輕柔，輕輕的拍著我的背，溫柔的說：「你可以哭一下，就跟你小學的時候一樣。」

「……小學的時候是妳在我懷裡哭哭的。」

「意思差不多啦！快哭！笨蛋！」

我笑著推開她，搖搖頭說：「北七喔！唉，我很好啦！真的！」

「嗯……很好就好。」慕容雪點點頭。

就在她正要說下去的時候，門外老媽扯開嗓子大喊，要我們統統去餐桌集合吃飯，包含老爸在內，一個都不准少。

所有人都坐好，老媽也把最後一道薑絲鮮魚湯端上電磁爐，自己坐下來之後，眾人才開動吃飯。

一邊吃，老媽就開始關心起我們的近況。然而比起關心我，我覺得她好像更關心慕容雪啊！甚至桌子上的菜還是以前那傢伙來我家時最愛吃的啊！

「嘿嘿～阿雪多吃一點啊！這是妳最愛的炒高麗菜，來來來～阿姨夾給妳喔！」

「謝謝阿姨！」

老媽笑容滿面的說：「不用客氣啦！才一陣子不見，妳越來越漂亮了呢！難怪阿維他都不回家！他都去找妳吼？」

「才沒有咧！」我做了個鬼臉，說：「這傢伙搬走之後就失聯了，我也是最近才碰到她的。」

「喔，所以你都不回家是在忙什麼大事業啊？」老媽語氣一轉，有些生氣的說：「前幾天更過分啦！電話也都沒接，是在忙什麼啊？」

「呃……」我愣了一下，雖然我快被除名了，但魔法師的身分還是不宜曝光啊！於是我只好含糊的說：「我在……打工。」

「打工？家裡沒給你零用錢是不是？你這死小孩……」

「阿、阿姨啊！」

就在老媽又要開始嘮叨的時候，慕容雪趕緊出聲說：「那個……佐維他最近因為工作不順的關係，心情很差……妳可不可以不要生他氣了？拜託拜託嘛～～」

看著慕容雪幫我求情，老媽才搖搖頭，嘆口氣說：「隨便啦……在外面被人欺負了才知道要回家，唉！男大不中留就是這樣！」

「……我以後會很常回來的。」我一邊扒飯，一邊說：「我被炒魷魚，以後不用去了……只是心情有點不好。」

「別說這個了，吃飯聊點開心點的。」老爸一開口就打斷了桌餐上越來越陰鬱的氣氛，然後他直接命令慕容雪：「阿雪，雖然妳難得回來玩一次，可我家這蠢兒子心情也難得不好一次，明天麻煩妳把他帶出去處理處理，我可不要我家氣氛因為這蠢兒子搞砸了！

知不知道？」

慕容雪笑了笑，說：「知道了～而且這也是我陪佐維回來的原因呀！」

⊕⊕⊕　　⊕⊕⊕

隔天，慕容雪覺得天氣不錯，所以一大早就把我從床上挖起來，然後領著我出門，搭乘公車、捷運，來到臺北市的鬧區逛街。

從我有印象以來，慕容雪這傢伙就住我家隔壁了。我們總是一起玩、一起吃飯，甚至小時候還被大人丟去一起洗澡，度過了許多快樂的時光。在慕容雪跟我說要搬去臺中之後，我們也曾經像這樣來到臺北市鬧區逛街，就是和前幾天韓太妍跟我提過的一樣，想要製造一點回憶。我這輩子第一次拍大頭貼，也是唯一一次，就是那時候拍的。

如今再重逢，我們一樣來到鬧區，肩並著肩散步，聊著這些年我們錯過的片段。

我的故事單純多了，就是唸書唸到高中畢業，然後考上東海大學去了臺中。成為魔法師則是我最近幾個月才加進去的假動作，內容也乏善可陳，只有拿到軒轅劍這件事情比較好說嘴。

「你該不會是想要追著我跑，才特別選臺中來唸書的吧？」慕容雪大方的拉著我的手，露出笑容問道。

「對啊～」我點點頭，說：「這也是原因啦～另一個原因就是我分數只能上東海，要不然我也想唸臺大，是臺大不給唸啊！」

「直接說你喜歡人家很難嗎～壞蛋～」

「我喜歡妳呀～親愛的～」

就在我們倆又開啟青梅竹馬的開玩笑模式時，我突然感覺到有股殺氣從附近傳來。這殺氣讓我有點熟悉，害我差點尿濕褲子。可是只有一瞬間，馬上我就什麼都感覺不到了。

察覺到我有異常，慕容雪也跟著東張西望，然後才問我：「怎麼啦？」

「……成為魔法師的後遺症。」我聳聳肩，說：「我老闆太凶狠了，科科。」

這句話說完，我就又感覺到殺氣了。

「不過，雖然很凶，但你不討厭她吧？」慕容雪笑著問。

「嗯。」我點點頭，說：「她對我很好……也不對，也還好……啊啊啊！反正不討厭就是了！」

「嗯……所以她不是你女朋友吧？」

我搖搖頭，說：「不是，騙人的。唉唷，別一直講她了！講講妳好不好？為什麼妳也變成魔法師了？而且還是那傢伙老爸的關門弟子，而且感覺妳還超強的啊？」

慕容雪聳聳肩，說：「我本來就是魔法師，沒跟你們講過而已啊！」

慕容雪這傢伙的說法是，她其實一直都是魔法師，甚至他們家本來就是魔法師世家，只是沒有說出來而已。

然而她個人比較特別的是，在她小的時候就被建成仙人李永然收為弟子。因為她的天分過人，又跟李永然有緣分，所以雖然他們的魔法系統非常詭異，但也能靠著「無為而治」的擺爛練功法，讓慕容雪的魔法有如此高強的修為。

「啥都沒做魔法就這麼威武，妳根本學來嗆我的吧？」我很無奈的說著。

「沒辦法！學魔法這種事情，是看天分的！」

我白了慕容雪一眼，然後繼續走著。

隨著時間推進到中午，肚子飢餓的程度和室外的溫度也不斷上升，我們就選定了一間看起來好像還不錯的咖啡簡餐店進去用餐。

享受完精緻的美食，正在吃甜點的時候，從門口走進一個女孩子，瞬間吸引住了我的目光。

「欸妳看，那邊有個外國妹，超正的耶！」

好東西要跟好朋友分享，我馬上指給慕容雪看。慕容雪回頭一看，也點頭同意我的說法，因為那歐美女孩真的有夠正的。

那女孩穿著簡單的T恤和舊牛仔褲，揹著一個舊舊的旅人背包，感覺很像是獨自來臺灣自由行的背包客。金色的秀髮紮成雙馬尾，感覺非常的特別。

而她眼神一跟我對上，就向我點了點頭。害我馬上尷尬的低下頭去，不想讓國外的年輕美女認為臺灣男生都是喜歡盯著正妹看的色狼。

但那女孩卻筆直的朝著我們這桌走了過來，然後走到我的身邊，對我笑咪咪的點了點頭，開口說：「@&#$%#%？（英文）」

這一大段英文聽得我目瞪口呆啊！

我只能呆呆的看著她，然後擠出一句：「I……I、fine, and you?」

「And你個頭啦！北七喔！」慕容雪馬上吐槽我的破爛英文。

外國美少女笑了笑，又開口說：「不懂英文嗎？沒關係，說中文也可以的喔！」

這一開口又讓我震撼了。因為她的中文不但很好，還是北京腔！比自稱在中國學過幾年中醫的韓太妍好太多了啊！

「呃……妳、妳好！請、請問是找我嗎？」我緊張的詢問。

「是。」美少女點點頭，說：「打擾佐維先生和女朋友用餐真是非常抱歉，但貝兒有些事情想要問你。」

說完，她轉身對慕容雪說：「很抱歉，這些事情很重要，所以貝兒得先借用妳男朋友一下囉！」

神奇的事情就在她對慕容雪說完話的當下發生。因為她才剛說完，慕容雪就這麼活生生的突然呈現半透明，然後逐漸的消失！而且不只是慕容雪不見了，整個簡餐店的人統統不見了，只剩下我和這名神秘的外國美少女。

我腦中第一個閃過的就是：挫賽！黑龍又派使者過來了？馬的我連軒轅劍都沒有帶啊！

美少女對我笑了笑，然後往慕容雪原本坐著的位置、也就是我的對面坐了下來。

「在對話開始前，先容貝兒向您自我介紹。我叫貝兒，貝兒・伊雷格，是人稱大薩滿的薩滿魔法師，請多多指教。」

聽到不是黑龍派來的，我有一些放心。

但說到底，她一出現就把所有人弄消失，或者是在我不注意的時候就能將我們兩人傳送到別處的這件事情，還是讓我覺得眼前這年紀很小、大概十五歲左右的歐美少女是非常不簡單的一號人物。

她自稱是大薩滿……搞不好是薩滿教派裡面的高級人物也不一定。

不知道為什麼，我稍微能冷靜下來面對眼前的情況，仔細分析完現在自己的處境後，我的緊張就莫名的消失了。大概是因為不管怎樣，她要對我不利，我根本沒有反抗的餘地，所以我並沒有想著該如何逃脫。

「……我叫陳佐維。」

「貝兒很清楚的唷！因為貝兒這次會來到東方，就是為了你呀！」

貝兒笑咪咪的說：「所以我們就不要浪費時間了。貝兒從督瑪酋長那邊知道，身為軒轅劍繼承者的你，是這個世界上唯一可以打倒上古大妖怪，解決這顆星球最深層恐懼的救世主……所以貝兒此行的目的只有一個，就是……」

「我已經不幹了。」

聽到貝兒說我是什麼神劍繼承者，我覺得有些諷刺。

或許追根究柢，就是因為我拔出軒轅劍作為我魔法世界旅途的起點，旅程上又有不少人拿「神劍繼承者」這五個字給我過多又錯誤的期望，我才會看不清楚自己的資質。這趟旅程從開始就是錯誤的，最後的結果是我被除名且被迫成為斷尾太監，也只是剛好而已。

貝兒愣了一下，然後繼續笑著問我：「請問，不幹了是什麼意思呢？」

「不幹了就是不幹了。」我聳聳肩，很無奈的說：「妳如果早一個禮拜來找我，或許情況會有所不同吧……不過既然妳現在才來，那我還是得告訴妳一個讓人失望的消息。我的魔力系統已經毀了，這輩子永遠不能再學新的魔法，更別說什麼使用魔法來拯救世界了。如果妳的資訊有更新的話，妳應該知道，後天禮拜一我就要被【組織】施展『忘卻魔法』消除記憶，除名回去當一個普通人，等人來拯救我。」

「……怎麼可以這樣！」貝兒很激動的說：「你怎麼可以這麼不負責任？大主神的旨意就是選擇你成為救世主！眼前的困難不過只是一點考驗，你怎麼可以這麼輕易的就退縮啊！」

「啊就我也沒辦法啊！魔力系統被毀耶！」我搖搖頭，很沒幹勁的說：「那不然大薩滿小姐，請問一下，憑妳的魔法常識，妳告訴我，一個魔力系統被毀的人，還可以靠魔法有什麼作為？就連我只學魔法幾個月的人都知道我自己完蛋了，別跟我說妳大薩滿小姐不這樣認為啊！」

貝兒有些不敢相信的看著我。她欲言又止了好一陣子之後，才點點頭。

「……貝兒知道了。」

「知道就好……其實我也很不願意發生這種事情……」

「嗯，所以為了這顆星球好，貝兒只能請你去死了。」

這下換我愣住了，換我問她：「請、請問一下，請我去死是什麼意思啊？」

「貝兒曾經說過，要用自己的雙手來測驗救世主的能耐。既然眼前這位救世主不符拯救世界的期望，那麼，或許我們必須該考慮換人這個選項。」

貝兒閉上眼睛，語氣冰冷的說著——

「所以，去死，就是去死。」

說完，貝兒突然發難。她維持坐姿，睜開跟她語氣一樣變得冰冷的雙眼，殺氣湧現。一陣莫名颳起的強風，直接把擋在我們倆人中間的桌子給吹飛！飛到一旁去，撞倒了好幾張桌椅。

「你如果不死，新的救世主沒辦法出現。」貝兒冷淡的說：「既然你不幹了，那為了這顆星球好，這份殺業貝兒願意承擔！」

「不、不是啊！聽我解釋啊——幹！」

我的話還沒說完，就被一股突然颳起來的狂風吹飛！飛去撞在另外一邊的牆上後，那貝兒一瞬間就出現在我旁邊。她雙手一揮，我感覺自己無法呼吸到空氣！

那是很突然的，我根本沒有什麼閉氣的準備，我也不知道要怎麼形容那種突然窒息的感覺，反正就是我沒辦法呼吸，用力呼、用力吸都吸不到空氣！

「嗚嗚……」

短短幾秒，我就已經痛苦的倒在地上，眼前發黑。我伸手抓住貝兒的腳，抬頭瞪著這個認識不到幾分鐘就要殺我的……死神。

「磅！」

就在這個時候，空氣中傳來爆破的聲音。一個穿著全白運動服的人，手持軒轅劍mini翩然而降。那人將小軒轅劍對著貝兒射了過去！快如閃電流星的飛劍，直接貫穿了貝兒的身體。

然而，僅是擊中了殘影而已。

但就算是這樣，貝兒對我施展的魔法也得以解除，我立刻大口大口的呼吸，才有力氣看清楚來救我的人到底是誰。

其實不用看清楚，我便猜到是誰了，但看清楚後，我卻嚇了一跳。

「繼承者大人……侍劍救駕來遲，還請大人見諒。」公孫靜平靜如水的說著，手持小軒轅劍，威風凜凜的站著。

讓我嚇到的不是她真的出現在這裡，而是……她原本烏黑柔順的及腰長髮，竟然變成短髮了！

公孫靜回頭看了我一眼，然後馬上又轉回去盯著貝兒。

我從地上爬了起來，看著公孫靜的背影，看到她把原本及腰長髮剪成耳下三公分的西瓜皮，心裡突然五味雜陳，一時片刻也不知道要說什麼才好。

貝兒如同鬼魅一般的出現在公孫靜面前，警戒的盯著公孫靜，問：「……妳是誰？怎麼進來這裡的？」

公孫靜橫舉小軒轅劍於胸前，表情依舊平靜的說：「侍劍公孫靜。想要對繼承者大人出手，先過侍劍這關再說。」

「……既然如此，那就不要怪貝兒了。」

說完，貝兒隨手一揮，馬上從公孫靜所站的地面長出一根巨大的石筍！公孫靜立刻轉身閃過。但貝兒的魔法效果還沒完，一瞬間就又連續長出十幾根石筍，甚至還有一、兩根從牆壁側邊穿刺出來，對著我刺了過來。

公孫靜眼明手快，不慌不忙的一邊閃避石筍攻勢，一邊對著我這裡揮出黃金劍氣，劈斷了想要攻擊我的石筍，解決了我的危機。然後她越閃躲越接近我身邊，最後就專注在保護我，把所有攻向我們的石筍統統劈成碎片。

「看來不先解決妳，妳不會讓貝兒有機會解決佐維先生的，是吧？」

貝兒從頭到尾都沒移動過位置，甚至也只揮了幾個簡單的手勢而已，公孫靜就要這樣又跑又跳又劍氣又砍的，感覺超忙才可以跟她鬥個旗鼓相當。兩人之間的實力，高下立判。

只是公孫靜還是點點頭，很平靜的對貝兒說：「是的……侍劍就是死，也要保護大人的安全。」

貝兒點點頭，隨手一揮，在她身邊就出現了好幾個大小不一的水球。

「如果每個魔法師世界的人都跟妳一樣這麼負責，那貝兒會很高興的。」

貝兒說完，手對著公孫靜一掃，那些大小不一的水球便一個個朝著公孫靜砸了過來。

剛才的石筍攻勢公孫靜都可以破解，這看起來感覺就比石筍弱化許多的水球攻勢，公孫靜更是不放在眼裡。小軒轅劍一記橫掃千軍，揮出威力萬鈞的黃金劍氣，將水球全部掃掉！

我本來以為黃金劍氣可以就這樣掃掉全部的水球攻勢，但我錯了。被劈開的水球只是越變越小、越變越多，但威力和速度似乎絲毫不減。公孫靜立刻回頭抓著我，往旁邊一跳，閃過了水球的攻擊。

那些水球砸在牆上，威力之強大根本匪夷所思。那面牆馬上被打成蜂窩，跟被霰彈槍打中一樣啊！可想而知，要是剛才公孫靜沒拉著我跳開，我們倆的下場會如何。

只是才剛一跳開，馬上從貝兒那裡又飛來一團一團的火球。貝兒像是早就預測到了我們會往這邊跳一樣，火球根本就是對著我們跳去的地方扔過來的！公孫靜見狀，手一甩便把我甩到一邊，同時放開小軒轅劍，用靈氣控制小軒轅劍使其快速旋轉，藉由旋轉產生的風壓來滅掉火球。

這第二、三回合打完，表面上看來還是旗鼓相當，但面無表情的公孫靜已經滿頭大汗，呼吸也有一絲絲的紊亂，比起感覺根本只是在玩弄對手的貝兒來說，真是狼狽不堪。

就像是貓抓老鼠一樣。

「公孫靜小姐，妳應該已經看得出來貝兒跟妳之間的差距，這是最後的警告了……」貝兒冷冷的說著：「妳不要再堅持下去說要先過妳那關了，不然貝兒真的會下重手傷害妳的。」

公孫靜調整好呼吸，堅定的看著貝兒，說：「……侍劍曾經犯過很大的錯。如今，侍劍已經告訴過自己，為了大人的安全與未來，侍劍可以死……」

公孫靜雙手握住小軒轅劍的劍柄，爆發出巨大的金黃色光芒。

「但絕不可以再錯第二次。」

貝兒愣了一下，搖搖頭，嘆口氣說：「唉……要是妳保護的那個人，有妳一半盡責就夠了……好吧！既然如此，那就別怪貝兒……」

說完，空無一人的咖啡廳中，颳起了往貝兒方向吹去的微風。

「雖然我不知道妳是什麼東西啦~可是，妳如果要殺佐維哥，那太妍也不會坐視不管的唷！」

就在這個時候，從另外一邊傳來了一道讓我熟悉的聲音。我轉頭一看，就看到韓太妍拿著招牌黑色摺扇，露出充滿殺氣的表情，朝著我們這邊走了過來。

我目瞪口呆的看著韓太妍，直到她走到我身邊的時候，我才終於開口問她：「妳、妳怎麼會在這裡啊？跟、跟小靜一起來的嗎？」

韓太妍白了我一眼，說：「誰會想跟她一起來啊！人家是擔心佐維哥會做傻事，才自己一路偷偷跟過來的！哼！傻事沒看到，你跟你那青梅竹馬偷偷約會的壞事倒是看得一清二楚呢！」

「約、約妳個頭啦……」

韓太妍搖搖頭，用最快的速度往我身上幾個要穴捅了下去，然後說：「先把眼前的難關解決了再說吧！幸好小綾沒來，不然你就倒楣囉！」

我愣了一下，但卻沒有像以前那樣的熱血沸騰，只是無奈的搖搖頭說：「……我的魔力系統已經毀了，就算被妳加強過，也只是個普通人，我幫不上忙的……」

就在這個時候，一個白色的人影被打飛過來，摔到我們旁邊的桌椅上、再摔落至地面，砸爛了許多東西——那是打不過貝兒的公孫靜。

韓太妍見狀，立刻對貝兒說：「妳很奇怪耶！佐維哥就說了他身體出了狀況，這也不是他願意的，妳為什麼一定要殺了他啊？」

「就算是這樣，貝兒也看不到他有任何拯救這顆星球的可能。」貝兒瞪著韓太妍，解釋道：「妳以為這顆星球的時間還很多嗎？貝兒只不過是加速下一任救世主登場的時間罷了！如果殺他一人可以救這顆星球、救幾十億人的話，這個殺業貝兒願意承擔！」

「妳說夠了沒有？」

就在貝兒說了一大堆話之後，另外一個我很熟悉的聲音又從另一側方向傳來。

我和韓太妍同時往聲音傳來的方向看去，就看到一個穿著粉色系連身洋裝，應該是很可愛但表情眼神卻很可怕的女孩站在那邊，手持陰陽師靈符，指著我對貝兒說：「殺殺殺，殺妳個頭！這傢伙到禮拜一才會被除名，在那之前就都是我們結社的副社長。妳要殺這個副社長，問過我這個社長的同意沒有？」

話語結束的當下，公孫靜再度站了起來，把小軒轅劍召了過去，擺出戰鬥的姿勢；韓太妍則張開摺扇，擋在我面前。

而這個時候，慕容雪竟然也登場了！她從剛才的位置現身，一看到現場狀況馬上就很清楚目前局勢，跟著擺出作戰的姿勢。

四個女孩子一起為了我，要跟眼前這個實力不明的大薩滿決鬥！

「……看來今天不先打倒各位，大家是不會讓我對佐維先生出手的了。」

貝兒看了看四個女孩子，就召來了火、水和大地的元素，變成了火球、水球和石頭，在她身邊不斷的旋轉。

然而，好像是嫌現場情況還不夠混亂一樣，就在五個人劍拔弩張、戰鬥一觸即發的當下，又有人來了。

「嗚哇啊啊！」

我正專注於現場的時候，突然有一條白色的尾巴纏住了我的腳，把我拖了過去。

「我說過我會回來找你報仇的！」

那條尾巴的主人不是別人，就是一開始在那間旅館搞鬼的狐狸精啊！

突然有個新的妖怪亂入現場，其他五個人馬上轉移目標看了過來。慕容雪和公孫靜還有那個大薩滿沒看過狐狸精的就比較緊張一點，而韓太妍和藤原綾一看到是狐狸精把我抓走，想不到竟然還露出鬆了口氣的表情。

「死狐狸精！上次只有我們幾個妳都打不過了，這次還來這邊自取其辱幹嘛啊？」藤原綾毫不客氣的說著。

那隻狐狸精現在是人形，是個美少女的狀態，只是多了條纏住我的尾巴。她露出了笑容，說：「上次我只有一個人單槍匹馬的，可這次就不一樣了！」

說完，一股強大的壓迫感從她身後傳來。這種強大的氣勢，上次出現的時候是黑龍使者那次。而這次傳來的感覺，竟然比上次那個黑龍使者還有過之而無不及，竟然更為凶猛強悍！

就連我也抑止不了狂跳不已的心臟，全身的毛細孔也不斷的噴出冷汗。即將登場的妖怪的妖氣之強，幾乎超越了當初我在【祖靈之界】碰過的狂暴化督瑪酋長了！

所有人轉頭看向壓迫感的來源。我本來以為會看到一個凶神惡煞的牛鬼蛇神，結果不但不是什麼妖怪，出現在眾人面前的，卻是一個風姿綽約的美婦人。

美婦一登場，狐狸精就指著我們向她告狀說：「娘！就是這些人上次欺負人家的！」

靠腰！搞了半天妳說要來報仇只是回家找媽媽來當打手啊？妳根本小屁孩啊狐狸精小姐啊啊啊啊！

狐狸精的老媽，簡稱狐狸媽媽。

狐狸媽媽聽了女兒的指控後，臉上的表情一下子變得冷血起來，甚至周圍的氣溫也因此下降幾度，讓人冷得直發抖。

狐狸媽媽冰冷不帶感情只帶殺意的雙眼掃過在場眾女。我也轉頭看了看她們，才發現每個人都隱約的在發抖，就連大薩滿貝兒也不例外。

完了完了！這次真的死定了啊！

視線掃過眾人，狐狸媽媽最後把視線放在我臉上，仔細的打量著我。我原本以為我會被她瞪到當場挫賽，結果不但沒有發生這麼難堪的事情，她看著我的時候，那凶狠的眼神竟然還完全改變了。

然後她說——

「……汝還記得哀家嗎？佐維？」

……咦？

NO.005

你們這些體制外的
就是喜歡耍獨特！

狐狸媽媽實在太凶猛了，一登場，光是氣勢就震撼得眾人根本動彈不得。所以當她要小狐狸精放開我，然後要大家先坐下來好好談的時候，根本沒人敢不聽她的話，甚至韓太妍和公孫靜還趕緊搬來尚未被打爛的椅子給大家坐。

不過，與其說是狐狸媽媽要跟大家談話，倒不如說是她一直在跟我聊天。聊天的內容也很普通，就是單純的問我過得怎麼樣。

我覺得這情況很詭異，因為這些事情平凡得好像是鄰居阿姨來串門子的時候會講的，結果從這麼一個應該是初次見面的阿姨問候出來，我不但沒有覺得很怪，反而還覺得我好像真的曾經認識她。

但我卻一點印象也沒有。

「過得很好，那就好了。」狐狸媽媽笑了笑，然後視線一轉，看向旁邊的女孩子們，搖搖頭，說：「你這人還真是個多情種，在哪個年代都一樣。有五個女孩子替你爭風吃醋的打起來了呢～呵呵！」

這番話一說出來，原本很安靜在聽狐狸媽媽和我聊天的眾女就炸鍋了！七嘴八舌的跳

出來說自己沒有在爭風吃醋。

說到最後，還是大薩滿貝兒使用作弊的高強魔力讓其他女孩子閉嘴，然後把自己的目的說給狐狸媽媽知道。

「……所以妳不覺得妳的方法有問題嗎？年輕的小姐。」狐狸媽媽笑著說：「薩滿教派傳承下來的靈魂，應該讓妳很清楚哀家的身分到底是什麼，對吧？」

貝兒愣了一下，閉上眼睛感受了狐狸媽媽的「存在」後，她的表情就變了。她點點頭，很恭敬的說：「貝、貝兒太衝動……沒有發現自然神靈竟然就在貝兒的眼前……還請大神開示一番，指點貝兒迷津。」

貝兒說完，其他人的表情也跟著變了。

眼前的這位狐狸媽媽，竟然是個自然神靈？那不就表示她的身分地位最起碼也跟【祖靈之界】的督瑪酋長同等級嗎？

狐狸媽媽笑了笑，說：「大主神的安排自然有祂的用意。妳只能觀察，只能幫助，但不能妄想用自己的力量去改變這樣的安排。佐維就算碰到困難，那也只是在他成長之前的考驗罷了……年輕的小姐，妳要做的不但不是殺死這個天選之人，反而應該在他面臨考驗的時候，不計一切的幫助他才是吧？」

貝兒點點頭，低著頭，有些小聲的說：「貝兒受教了……唉，這些日子為了調查這件事情的真相，貝兒東奔西走忙得焦頭爛額，肩上承受太多的壓力才會導致自己的判斷失誤……實在有愧大薩滿之名啊……」

「畢竟妳還年輕囉！」狐狸媽媽笑著說：「哀家也年輕過，年輕才有犯錯的空間和本錢吶！相信妳是個聰明人，之後的事情應該怎麼做，妳一定有概念才是。」

貝兒又點點頭，然後轉而對我說：「佐維先生……剛才諸多失禮的行為，貝兒先向你道歉。有關魔力系統被毀而讓你無法使用魔法的事情，貝兒一定在最快的時間內找出解決的辦法，儘快幫你度過這個難關。貝兒還有其他的事情必須要去調查，恕貝兒失陪了。」

說完，她就突然消失了。

這種瞬間移動的魔法可以說是超高難度的大型魔法技巧，但貝兒信手拈來就可輕易施展，這年輕的女孩到底是經歷多少苦練才有這樣的修為，實在難以想像。

不過，貝兒突然出現說要殺我，又莫名其妙被奇怪的理由說服而離開，雖然我保住了一條小命，但我還是沒有高興的感覺。

即使貝兒說會儘快幫我解決魔力系統的問題，但我很難相信她可以在禮拜一之前就把答案找給我啊！就算到時候她找出答案要來幫我，我也已經把這一切都忘光了，魔力系統恢復了也沒意義啊！

「你似乎還是很不高興？」狐狸媽媽笑著，把我拉了過去。她輕輕的摸著我的頭，溫柔的說：「其實今天，哀家很高興。哀家等你等了幾千年了，就算等回來的是一個什麼記憶都不剩下的空殼，哀家也很高興。」

又一個等我等幾千年的出現啦！黑龍也等我等幾千年，軒轅劍也等我等幾千年，督瑪酋長也等我等幾千年，現在這個狐狸媽媽也等我等了幾千年！是怎樣啊？幾千年前那個陳佐維欠你們錢嗎？

「你別緊張，現在屬於你的時機還沒成熟，但你也不會被眼前的困境擊垮。」狐狸媽媽笑了笑，遞給我一條手巾，說：「來，把淚水擦了吧！」

「淚水？」

我接過手巾，這才發現自己竟在不知不覺中熱淚盈眶。

狐狸媽媽很滿意的點點頭，說：「你的靈魂，還沒有忘記哀家。這些淚水就是最好的證明了。」

我愣了愣。

雖然我不難過，也不開心，但淚水就是不聽使喚的一直掉下來。

狐狸媽媽幫我擦掉淚水，收起手巾後，對另外四個女孩子說：「這輩子要照顧他的不是哀家了……這重責大任看來是交到妳們手中囉？呵呵……這孩子身上背負的使命很沉重，如果沒有妳們的幫忙，他一個人肯定撐不下去的。所以妳們就少為他爭風吃醋，多花點心思想想該怎麼幫忙他才對呀！」

好不容易安靜下來的眾女，提到爭風吃醋這句，就又再度炸鍋了！大家七嘴八舌的就急著否認自己剛才打架的行為是在爭風吃醋。

狐狸媽媽點點頭，突然就往我臉頰上印了一個香吻。

這個舉動讓七嘴八舌的眾女統統閉嘴。而這樣的結果讓狐狸媽媽滿意極了，她笑得很開心，然後拉著狐狸精小姐站了起來。

「剩下的就交給妳們年輕人自己去處理吧！該哀家出手幫忙的時機還未到呢！後會有期啦～」

狐狸媽媽說完，母女倆就再度消失無蹤。把我和四個女孩子一起留了下來，還有滿屋子的尷尬。

「……啊哈哈……那、那個啊……」

看著眼前這四個女孩子，我抓抓頭，決定先打破沉默，但想了半天也不知道要說什麼好，只好先問：「妳們怎麼會在這裡啊？」

總之，根據她們的說法，就是因為不放心我一個人離開，或是因為不希望後天我就要忘了她們，所以才會一路偷偷的分開跟過來。

對，是分開跟過來，因為她們也是到了這邊才發現，原來別人也跟過來了。

「大笨蛋……明明後天你就要把人家忘記了……人家又要變回一個人了……你竟然還

敢把本小姐一個人丟在臺中……」

其中，藤原綾在說意見的時候，更是難過的哭了出來。

這讓我的心情變得很糟糕，也同樣感染了其他的女孩子。雖然我不知道慕容雪是在哭什麼啦……因為就算我把魔法師世界全都忘光了，但這傢伙是我青梅竹馬的事實還是不會變吧？

但是，就在這個大家難過成一片的時候，有個感覺好像根本就在狀況外的人，卻突然說話了。

「請問……你們都在說些什麼啊？」公孫靜疑惑的問道。

「妳還敢問！」

聽到公孫靜問這個問題，藤原綾就不爽了。她站了起來，指著公孫靜罵道：「要不是因為妳教死陳佐維什麼奇怪的體制外魔法，害他的魔力系統全毀了！妳以為他後天會被【組織】除名嗎？死陳佐維後天就要把我給忘記了啊！都是妳害的啊！」

「……忘記？」公孫靜顯得更為疑惑，她皺眉看著我，似乎想從我身上找到她要的答案。

韓太妍則是代替我，把我要被施下「忘卻魔法」的事情說給她聽。說完之後，她還搖搖頭，「所以，我們這裡並不歡迎妳！請妳趕快離開。」

公孫靜愣了一下，然後反問藤原綾和韓太妍：「如果……繼承者大人的奇經八脈不但沒有受損，他的靈氣現在運轉無礙的話……這樣也會被妳們的【組織】除名嗎？」

這段話一說出來，所有的人都愣了一下。

然後眾人異口同聲的大喊：「咦咦咦咦咦咦？」

⊕⊕⊕　⊕⊕⊕

由於這裡不方便說話，於是眾人決定先離開這裡，回我家再談。

但是，別開玩笑了啊！姑且不管我家的氣氛是不是比較適合、方便來討論這些魔法世界的事情好了，光是我一個人帶著四個女孩子回家，這四個女孩子還心事重重感覺就像是要來談判的，我搞不好就會被我家人冠上花心大蘿蔔的莫須有罪名，然後一輩子活在老媽和老妹的鄙視眼神下啊！

不過老爸可能不會鄙視我，搞不好還覺得我超厲害的。

所以，到了最後，就由慕容雪和我一起先回家跟我爸媽報備，然後便馬不停蹄的往臺中小窩飛奔而去。

在回臺中的路上，韓太妍還很惋惜的說：「唉～本來以為這次可以看到佐維哥的父母，可惜還是沒能看到呢～」

「看什麼看啦！妳看了是可以幹嘛啦？」藤原綾白了韓太妍一眼，說著。

「哎呀～以後搞不好要嫁過去的，先打好關係呀～」韓太妍笑容滿面的勾著我的手，回應著藤原綾，還特別在「嫁過去」這三個字上加強了語氣。

「嫁妳個大頭鬼啦！死花痴！死陳佐維！哼！」

我又被揍了一拳，雖然很痛，但我總覺得這樣的日子才熟悉。

可我真的要說一句：我不是被虐狂啊！

回到臺中小窩，大家在客廳坐好，想看看公孫靜到底說的是什麼意思。公孫靜點點頭，就把我身上所發生的事情，講解了出來。

公孫靜說，根據她向她奶奶詢問過後的結果，發生在我身上的現象，或許要歸咎於我先接觸了「藤原綾傳授給我的魔法」。

在我之前，所有修行「軒轅神功」的人都是乾乾淨淨的，猶如一張白紙一樣，並沒有先接觸其他魔法。因此，像我這樣在學完魔法之後吐血昏倒，還導致體內的氣血循環混亂的，就只能懷疑的是我身上原本的魔法所致。

當然，講到這裡，藤原綾已經從不屑變成不爽，她忿忿不平的說：「都是妳在講啦！依我看，死陳佐維會變成這樣，根本就是因為你們那種體制外的魔法是些騙人的把戲，硬要他修煉才會變成這樣的啦！」

公孫靜搖搖頭，說：「不，侍劍一開始也曾經懷疑過傳功失敗的可能，但就是因為我感應到了大人身上的靈氣，我才認為族長奶奶說得沒有錯。」

「少騙人了啦！死陳佐維身上不要說是魔力了，就是魔力系統都毀了！哪可能還感應得到什麼東西啦！」

藤原綾不爽的說著，還不忘記補上一句：「而且魔力就是魔力啦！你們體制外的每次都喜歡講些特別的名詞顯得自己比較高級，結果說了半天，在我們【組織】的紀錄之下，還不都是一樣的東西！哼！」

公孫靜又搖搖頭，說：「若然不信，藤原小姐可以自己檢驗繼承者大人身上的靈氣。從●●穴入，經●●、●●、●●後，從●●脈出。」

公孫靜所說的都是人體內的幾個穴道名稱，可是因為怕小朋友發現了會因此學會魔法，所以這裡就以馬賽克的方式呈現。

藤原綾依然不信，但韓太妍則是立刻抓住我的手，照公孫靜的方式測量了一次，然後她目瞪口呆的對藤原綾說：「小、小綾啊……我們搞不好真的發現了……一個了不起的東西耶……」

聽到韓太妍這樣講，一直很嘴硬的藤原綾表情也有了變化，然後不信邪的也把我的手

抓過去，用一樣的方式測量過一次，最後跟著韓太妍一起目瞪口呆。甚至連一直沒說話，感覺好像與她無關的慕容雪，也跑過來拉著我的手跟著玩一次。

嗯，對，我真的覺得她們在玩我的手。

證明了自己所說無誤，公孫靜並沒有因此驕傲起來——要是藤原綾，她早就把質疑她的人嘲笑到跳樓自殺去啦！

公孫靜只是淡淡的說：「既然繼承者大人身上的靈氣並不像幾位所認知的一樣消失……那請問，侍劍應該怎麼做，你們的【組織】才不會在後天把繼承者大人的記憶消除呢？」

我們全部都看著公孫靜。

我原本以為我的魔法之旅會在後天畫上一個很不完美的句點，沒想到我不但有機會繼續在這條道路上冒險，我還成為了挑戰魔法基礎——魔力系統——的神人！這讓我一下子興奮了起來。

不只是我感到希望無窮，就連剛才還哭哭、還在不爽公孫靜的藤原綾和韓太妍，也開始思考該怎樣才能說服【組織】不要消除我的記憶。

而這個時候，公孫靜又說話了。

「如果沒有辦法的話，那侍劍只好強行帶走繼承者大人了。」公孫靜淡淡的看著其他三個女孩子，說：「守護繼承者大人是侍劍的職責，侍劍將會用自己的生命去完成這個任務，直至死亡將我們分開為止。大人……我們走吧！」

「帶走妳個頭啦！」

藤原綾立刻拍桌子站起來，指著公孫靜說：「這傢伙只要一天還沒被【組織】除名，就是我的副社長！妳想帶走他可以啊！先過我這關啦！」

面對藤原綾的挑釁，公孫靜也毫無畏懼的跟著站起來，點點頭說：「既然如此……那麼藤原小姐，還請多多包涵了！」

眼看這超級不合拍的兩人說沒兩句就要打起來，我與韓太妍趕緊站起來勸和兩人。

就在一片混亂的當下，從頭到尾都在旁邊不發一語的慕容雪，卻幽幽的說：「不然讓佐維去檢驗魔法，證明他可以使用魔法，這問題不就解決了嘛？」

「妳想的簡單咧！」藤原綾馬上反駁：「檢驗魔力的儀器才不走剛才那種體制外的檢驗路線。只要儀器不修正，檢驗五百次，五百次的結果都是一樣的，死陳佐維的魔力系統根本就是廢的啊！而【組織】哪可能會為了他一個人，去修正已經使用好幾百年的儀器檢驗路線啊？」

慕容雪搖搖頭，笑著說：「我是說，只要讓佐維證明他可以使用魔法就好了啊！只要能施展一個簡單的魔法，【組織】的魔法檢驗不就過關了？他是用魔力還是靈氣，根本沒關係啊！」

慕容雪一說完，我們也跟著恍然大悟。

其中最恍然大悟的就是藤原綾了。

她馬上回頭扁了我一拳，然後說：「對吼！都是因為你啦！你爛到我都忘記魔法檢驗只要通過第一關就可以了啊！王八蛋！」

「嗚嗚～算我對不起妳啦！」

⊕⊕⊕　　⊕⊕⊕

於是，在我們討論出戰略之後，馬上就跟【組織】申請了魔法檢驗。

我們的戰略是這樣的：首先，公孫靜加入我們的結社，然後她用全新魔法「軒轅神功」的名義向【組織】提出申請。【組織】巴不得這個世界上所有的魔法師都歸他們管，所以非常歡迎有體制外的魔法師申請加入。等公孫靜通過魔法檢驗後，我再用公孫靜弟子的名義去申請檢驗，在第一關的時候隨便施展一個「軒轅神功」裡面的魔法，藉以通過這次的檢驗。

這個戰略從頭到尾都無懈可擊，唯一的問題就是——就算公孫靜小姐被我硬拗著把「軒轅劍法．殘月」的口訣教我，但到了檢驗之前，我還是沒辦法成功的施展「殘月」的劍氣。

原因很簡單，我又沒有按照公孫靜小姐的交代，先從軒轅心法修煉，培養出足夠的靈氣，所以打不出劍氣來也只是剛好而已啦！

不過這其實並不要緊，因為我有一個非常、非常大膽且肯定能成功的計畫，可以讓我在面對檢驗的時候，成功的施展出「殘月」的劍氣。

在公孫靜進去檢驗室之後，藤原綾終於按捺不住著急，湊到我身邊緊張的問：「你只有這次的機會了，知不知道啊？」

「死陳佐維，你行不行啦？」

我點點頭，說：「沒問題的啦！包在我身上！」

公孫靜檢驗的時間很快，才一進去沒多久就出來了。

我看著公孫靜，內心掙扎了半天，最後終於大膽的走到公孫靜面前，接著我回頭對另外三個女孩說：「那個……我、我……那個……妳們要相信我，這真的只是為了能讓我順利通過測驗，逼不得已才要使用的下三爛招式，到、到時候不要打我啊！」

三個女孩子愣了一下，然後藤原綾不耐煩的說：「吼唷！隨便你啦！你有辦法通過就快點用啦！大笨蛋！」

「妳、妳說的啊！不准打我啊！尤其是妳啊！」

說完，我回頭看著同樣一頭霧水在盯著我的公孫靜。深呼吸一口氣之後，我小小聲的問她：「小、小靜啊……那個……那個……妳還記得，在【天地之間】的時候，妳曾經把靈氣借我，讓我可以順利打出劍氣的那件事情嗎……」

聽到我這樣講，公孫靜的臉一下子就紅了起來。

她點點頭，也小聲的說：「侍劍記得。」

「所、所以妳……妳別怪我啊！我、我也是很、很那個的啦！總、總之，得罪啦！」

說完，我鼓起我這輩子最大的勇氣，然後緊緊的抱住公孫靜，接著往她的粉唇上深深的吻了下去。

沒錯啊！我當初能打出「殘月」劍氣的契機，就是因為這個吻啊！就是因為藉由接吻讓我喝到公孫靜的血、建立了靈氣連結，我才可以成功打出劍氣的啊！

但這次有點不同，我沒有感覺到什麼血腥味，就是一個很正常普通的熱吻，甚至還有點甜甜的，大概是公孫靜有了新招，跟國●感冒糖漿一樣，甜甜的，效果好，恢復體力也快那樣。

總之，因為我也不知道靈氣連結的時間有多長，加上藤原綾的怒吼不斷，我就在雙唇分開後，趕緊拿著軒轅劍衝進檢驗室裡了。

再一次來到這個檢驗室，負責檢驗的人還是上次那個死中東仔。

他一看到我，馬上嘲諷的說：「我還以為我看錯名字了耶～想不到還真的是你這個只想走後門的廢物啊！咦？你不是魔力系統全毀了？還來這邊幹嘛啊？」

「……當然是來秀一手魔法給你看看的。」我很不爽的說：「你最好把你的精靈防護罩弄穩固一點，不然受傷我不負責。因為我下手會不知道輕重。」

我閉上眼睛，用心去體會身體裡靈氣的流轉。果然，公孫靜和我的靈氣連結還在，我可以感受到一股浩瀚無窮的靈氣，澎湃得我不吐不快！我將所有的靈氣聚集到手中的軒轅劍上，一瞬間，整把劍就發出了金黃色的光芒。

接著，我對著那個討人厭的死中東仔，用力一揮，揮出一道霸道至極的黃金劍氣！然後打完，收工，轉身離開。

我相信我應該順利通過了這次的測驗，因為那個魔法師被我的黃金劍氣掃到黏在牆壁上，而整面牆上都刻下了一道又深又長的劍痕。

「哼，早就叫你先把精靈召喚出來建立防護罩了嘛……」我背對著那個瞧不起我的死中東仔，露出驕傲的笑容說：「別怪我沒提醒你啊！」

只是當我打開門的那一瞬間，我突然很後悔自己嗆他了。

「……大哥，不好意思，能不能用你的精靈幫我弄保護罩？我社長在門外，她還非常火大啊……」

這次的事情在我成功的通過了魔法檢驗後，總算是告一段落了。由於我證明了我可以使用魔法，還是個新魔法的使用者，【組織】方面當然是再也沒有理由把我開除了。忘卻魔法師千里迢迢的來到臺灣，也只能千里迢迢的再回去了。

之後，藤原綾雖然極度的不願意讓公孫靜留在我身邊，可是由於我的靈氣還是需要靠她的幫忙才能修煉，加上要是不讓她留下來，她也會拚著要把在場所有人打翻然後帶走我。所以最後，在韓太妍的幫忙說服之下，公孫靜終於成為了我們結社的第三個成員。

公孫靜加入我們結社之後，她問慕容雪願不願意陪著她一起加入我們。慕容雪說自己還在建成仙人的底下修行，不能隨便背棄師門離開，便婉拒了公孫靜的邀請。

⊕⊕⊕　⊕⊕⊕

過了兩天，為了要迎接新的成員搬進來，我們的小窩又進行了一次大掃除。

雖然藤原綾說已經沒有房間了，公孫靜要搬進來就只能睡客廳，但我自己並不希望讓女孩子睡客廳，反而自己睡床，所以最後我自動自發的搬到客廳來睡覺——當然，韓太妍有提出她不介意跟我一起睡覺的建議，只是遭到藤原綾的否決罷了。

門鈴響起，我打開門，公孫靜提著簡單的行李站在門口，面無表情的對我點了點頭，然後便把臉別開。

「呃……不然我來幫妳提行李……」

公孫靜搖搖頭，說：「不敢勞煩大人，侍劍自己能提的。」

既然她堅持，那我也不強迫。於是我充當帶路員，帶著公孫靜走往安排給她的房間。

「進來吧！早上我有幫妳把房間掃過了。」

「這……真是太勞煩大人您了……」

我很無奈的領著她進了房間，不過我沒馬上離開，而是拉張椅子坐著，問：「喂……妳幹嘛現在又一直『大人大人』的叫我啊？」

公孫靜呆了一下，低著頭說：「侍劍……侍劍認為……對大人的感情會害侍劍的判斷出錯……為避免上次的事情再度發生，侍劍自認，還不夠資格與大人您以夫妻相稱……便……改變對大人您的稱呼，以警惕自己。」

「那個喔……唉唷，其實我不怪妳啦……」

公孫靜搖搖頭，說：「這是侍劍給自己的警惕……」

我抓抓頭，「妳腦袋真的很死腦筋耶……好啦好啦！如果妳真的要這樣搞才爽的話，那我問妳一個問題喔，既然妳叫我大人，是不是我叫妳幹嘛，妳就要幹嘛？」

公孫靜點點頭，說：「只要是大人的命令，侍劍自當赴湯蹈火。」

「那麼，我就命令妳不要叫我大人，也不准自稱侍劍。」

公孫靜又愣了一下，才問：「為什麼……」

「唉唷，妳叫我大人我覺得很彆扭啊！當然不是要妳叫我老公、相公的，妳叫我佐維就好了，不要叫我死陳佐維，我會扁妳。」我笑著對她說：「而且啊……我發現，妳一直侍劍侍劍的叫自己，不會很累嗎？」

「因為……侍劍犯了錯，沒資格使用我來自稱……」

「不管啦！反正以後妳不准叫我大人或是用『您』字，也不准用侍劍自稱，除非是在自我介紹的時候，知道嗎？」

公孫靜愣了愣，總是面無表情的她竟然眼眶濕了起來。

這讓我嚇了一跳，趕緊站起來走到她面前，說：「欸欸，怎、怎麼了啊？幹嘛又哭啊？真的不喜歡我的命令要說啊！笨蛋喔！」

「侍劍……我……我很高興。」公孫靜突然抱住我，把臉埋在我的胸口，說：「我犯了這麼嚴重的錯誤，害你受了這麼嚴重的傷……連奶奶都很生氣……可是大人……佐維你不但不計較，還能對我這麼好……我很高興。」

我對女孩子哭一向沒轍，而且還是我弄哭的，就更沒轍啦！

我只好先好聲好氣的安慰她：「好啦好啦……以後我還要靠妳教我『軒轅神功』那些的……當然對妳好啦！乖啦，不哭不哭，不然我就要命令妳不准哭了喔！」

公孫靜點點頭，才抬頭看著我，眼眶含淚的說：「嗯……我不哭了。佐、佐維……我現在真的很高興是你拔出軒轅劍，讓我能遇到這麼好的丈夫……我……很幸福。」

糟糕啊！她現在這樣比之前冷冰冰的樣子更漂亮了啊啊啊啊！而且她這樣抱著我，胸前那兩坨軟綿綿的肉一擠，我、我……

我也好幸福啊啊啊！

趕緊跟她分開，我抓抓頭轉移話題，問：「啊哈哈……那個，呃嗯……對了！那個啊，前兩天，那個建立連線的時候……為啥不用餵我血了啊？」

我這問題一問，這兩萬年也不見得會臉紅一次的女人，竟然露出臉紅害羞的表情，看起來又更誘人五千倍。

「老、老公啊……你跟我都修了『軒轅神功』，上次雖然沒有完功，但早就建立聯繫了……我不是說過，因為這樣，當初我才可以藉由聯繫感應到你的靈氣，闖進那個結界裡面去保護你嗎？」

完蛋了啊！她連稱呼又改口成老公了啊！

「呃……所以……妳的意思是說，我假設現在想要使用軒轅劍法，只要用妳的靈氣就好？」

「當、當然啊！老公你要用的話，我一定會傳功給你的……怎麼可能拒絕呢？只是我還是會教你軒轅心法和真正的軒轅劍法，這樣以後我們夫妻合力的時候，威力還會倍增呢！」

「那……那當初妳幹嘛不早講啊？害我還以為一定要再親一次……」

公孫靜的臉更紅了，害羞的別過臉去，小小聲的說：「老、老公你要的話……我怎麼可能拒絕呢……」

我突然有種我被這女人騙走的感覺啊！

我趕緊再跟她約法三章，反正就是要她只准叫我佐維。當然，她又硬拗說私底下要叫我老公，我這次死都不答應，結果她恢復面無表情的模樣，點點頭，逕自坐去床上生悶氣。這害我又心軟，只好點頭同意，她才露出淺淺的笑容。

怎麼她好像吃定了我啊！這種感覺是怎麼回事啊？不是應該是我吃定她嗎？為啥一瞬間反過來了啊！

「好、好啦好啦……妳東西都搬好就好了……妳休息一下吧，我先出去了。」

「老公，今天晚上……你也會在這裡睡覺嗎？」

我愣了一下，然後搖搖頭說：「不、不可能啦！我睡客廳！真的啦！那個……真的讓我睡在這邊，不要說是藤原綾了，搞不好連韓太妍都會過來扁我啊！」

聽到我這樣講，公孫靜臉上的表情顯得有些不高興。

她說：「老公……其實我覺得，藤原社長和韓小姐有時候對你的舉動太過分了，我應該要找個時間跟她們聊聊才是。」

「千、千萬不要這麼做啊！那、那個，我們寄人籬下，所、所謂人在江湖身不由己啊！總、總之，不、不要在她們兩人面前提什麼相公放槍的，這、這是命令啊！聽到沒有啊！我、我先出去啦！妳自己好好休息啊啊啊啊！」

說完，我就走出房間，但我才剛走出去，馬上就有人伸手抓住我。我嚇了一跳，往旁邊一看，那人是笑容滿面的韓太妍。

「呼……嚇死我了，妳要幹嘛啊？」

韓太妍笑而不答，只說「佐維哥～不要掙扎囉！」後，就把我推向客廳——那裡正站著一個在磨菜刀的母夜叉。

「死陳佐維。」藤原綾把閃閃發光的菜刀舉起來，笑咪咪的對我說：「看來，在那頭乳牛說要加入我們結社的時候，你一直幫她說話，說什麼只有她能幫你練功，這中間還有什麼本小姐不知道的秘密在，對吧？」

「不、不是啊！那是誤會啊！太、太妍啊！妳快放開我啊！會死，真的會死人啊啊啊啊啊！」

「佐維哥～雖然人家當初有幫你和那位公孫小姐說話，可是人家也不喜歡你這樣沒事就進別人房間『聊天』，還聊這麼久嘛！」韓太妍在我耳邊笑咪咪的說：「只是人家不敢親自動手，就只好改成來幫忙小綾囉～你安心的去吧！」

「開、開玩笑的吧？不要鬧了啊！哇啊啊啊啊！」

最後當然是沒有砍下去啦……

不過，我是真的聽見了，我熟悉的日常生活崩壞的聲音。

……也預見了，我未來有如身處修羅地獄一樣的日子。

《魔法師的修羅地獄》完

NO.AFTER

「這裡還真是隱蔽，要不是我可以感覺到妳在這裡，一般人絕對找不到的說。」

在某個國家的某個山腳下的某座樹林裡，一個穿著整齊西裝、黑得發亮的高級皮鞋，與整個環境非常格格不入的男人，正坐在一棵橫躺的樹幹上，看著面前一座……不對，一塊石頭，喃喃自語著。

這塊石頭的前面放著一個又小又舊，但還看得出來是個香爐的金屬製品。這讓這塊石頭多了一種神秘感。

男人一邊說，一邊把角膜變色片、假髮、假鼻子都拿了下來，露出他原本的長相。

但其實這也不是他原本的長相。

他，是「韓太賢」，也就是黑龍座下專司「情報」的妖怪·「倜」。

倜將那些易容的道具隨手一丟，因為他不需要這些來偽裝自己的真實身分了。在這裡，沒有【大宇宙】的眼線，沒有【組織】的追兵，強大的妖氣也可以隱藏住自己的氣息。

他從樹幹上跳了下來，走到石頭前蹲了下來，笑嘻嘻的用手拍了拍石頭，像是在跟小孩子玩一樣似的。但就在他做完這個舉動之後，突然以石頭為中心震央，這塊區域產生了天搖地動的地震。

「好好好，乖乖乖，是我啦！是偶！乖乖齁～不要生氣囉！」偶好聲好氣的說著，雖然是跟一塊不會回答他的石頭在對話，但語氣就好像在哄個小孩，或者發怒的情人一樣的溫柔。這讓他腦中閃過一個塵封已久的回憶，但不是屬於偶的，是死得不乾不淨的韓太賢的。

「……真煩，看來我以後可能都得遠離這種母老虎，以免會混淆。」偶站了起來，用手扶著頭，像是想要抹掉那些回憶一般的說著。

地震停了下來，好像真的被安撫住了一樣。

但這個地震卻引來了無限殺機。越來越多的妖怪因為這個地震而被震醒，在偶沒察覺到的時候，包圍了這裡。

其實偶不是沒察覺，只是不在意而已。

「是個雄性人類啊……」一個只有頭、沒有身體的妖怪說著，語氣相當惋惜的表示道：「不是年輕女性，不好吃吶……」

在那顆頭旁邊，穿著黃色學校制服的巨乳無頭女妖，用腹語表示：「哼，有得吃就好啦！這男人看起來不錯，我想吃他的胸肌，嘻嘻～」

「學姐，沒有頭妳要怎麼吃啊？」另外一個好像日本壽司捲一樣的長條妖怪調侃著，但這日本味十足的妖怪卻有著很西洋味的可愛自稱，牠說：「這還是讓夏洛特來吃就好，一口咬掉人頭，最暢快了呢！」

圍住倡的妖怪越來越多，討論要怎樣分食倡的方法也越來越多，甚至已經有妖怪為此在猜拳決定等一下誰先吃、誰後吃。這些嘰嘰喳喳的聲音讓倡開始覺得有點厭煩，他嘆了口氣，搖搖頭就往石頭上坐了下來。

但這個舉動又引起了地震。

「安靜點。」

倡的語氣很冷酷，這句安靜點也不知道是說給那群妖怪，還是引起地震的原因聽的。總之，他又重複了一次，也同時止住了地震，以及妖怪的討論聲。

「年輕人，說話客氣點。」那顆頭語氣也很不悅，說：「還是你只是死前想逞勇？」

「男人有氣魄才帥啊！」無頭巨乳女妖花痴般的搭腔。

「學姐，沒有頭的話，不會有男人看上妳的！唉，記得學姐剛來這裡的時候，金髮雙螺旋馬尾的造型，好可愛喔！」自稱夏洛特的壽司捲妖怪吐嘈著，並冷笑說道：「不知道這有男子氣魄的男人的頭，吃起來是不是跟學姐的頭一樣好吃呢！」

倡很無奈的嘆了口氣，低頭對底下的石頭說：「我們太久沒出來走動……這些年輕小輩都不認識咱們了呢……聽說一梯要退三步，如果妖怪也有梯次，這些小朋友看到我們，我看得退到地球另一端去才能說話。」

「啊！」說到這裡，倡突然笑著拍手，搖搖頭說：「若是這樣，牠們講話我們也聽不到了啊！哈哈哈……」

「喀擦。」

倡還沒笑完，頭就被咬斷了。

或者該說，那個夏洛特壽司捲妖怪馬上就伸長身體過去，張開血盆大口，把倡的人頭整顆咬了下去。

「呀啊啊啊啊！」

看到這一幕，反而是無頭巨乳女妖發出了崩潰的叫聲，大概是因為勾起了心裡的陰影。

只是很快的，眾妖怪都發出了驚嘆的叫聲。因為偪並沒有被咬死，反而是突然出現在夏洛特壽司捲的頭上，而壽司捲咬住的東西，竟然是另外一個不知道什麼時候被調包過來的倒楣妖怪。

偪蹲了下來，輕輕的拍了拍夏洛特的頭，說：「年輕人，做事情不要太衝動。要不是因為我的力量沒完全解封，你們連靠近的機會都沒有。」

夏洛特驚慌的甩頭，想要把偪甩開。

只是偪的雙腳就像生根一般的定在原地，怎麼甩都甩不下來，最後還是因為他自己想跳下來，夏洛特才得以掙脫。

偪站在石頭旁邊，露出笑容，說：「不過呢，你們來的也真剛好，可以當作祭品，要

不然我身旁這位小公主，或許會怪我這麼久沒來看她，還敢兩手空空的過來呢！」

說著，他蹲了下來，輕輕的拍著石頭，邊拍邊說：「出來吧！小公主～黑龍主人座下『恐懼』之座．虐！現身吧！」

說完的同時，傴用力的把石頭壓進地面，感覺就像是把一個大按鈕按了下去。接著，一陣天搖地動傳來，從石頭為中心，地面開始崩裂，裂出一個大洞！那群妖怪嚇得立刻往後退，但還是有閃避不及的妖怪摔進了深不見底的大洞。

這洞口裂到一定程度後就停止崩裂了，但深度還在持續擴大中。直到最深處發出了暗紅色的妖異光芒，以及一道低沉的吼聲。

還有，足以將整片樹海的妖氣壓過去的絕望感。

一道高溫的通天火柱從洞的深處往上噴出！就連飄在空中的傴也皺著眉頭，狼狽的閃避著。火柱只噴發一瞬間就消失了，同時消失的還有洞底的妖異紅光，以及那股濃到足以令人窒息的絕望感。

剛才被嚇到的妖怪又聚了回來，那顆頭咬牙切齒的對傴嗆聲說：「你也是妖怪？好啊！仗著自己有一點道行，就敢到樹海來撒野？只懂變這種把戲是想嚇誰？你爺爺我活了五百年，什麼陣仗沒看過！」

「不過才五百年而已，說話也敢這麼大聲？」

一道稚嫩的女聲，從半空中傳來。

眾妖抬頭一看，就看到一個雙手交叉在胸前，背上長著一對不斷拍打的黑色肉翅，有著一頭如火焰般的飄逸紅長髮，在半空中俯視大地的赤裸女孩。

女孩的瞳孔是黃色的，有如蜥蜴一般。她不屑的對著底下的群妖用鼻子哼了一聲，轉頭對偑說：「臭偑！明知道人家最討厭被當小孩子摸頭，剛才還一直摸一直摸，想死了啊你！」

「是是是，下次我會溫柔點用打的，我最親愛的小公主。」偑很無奈，跟虐的對話老是讓他想到那個叫做「藤原綾」的女孩。

底下的眾妖愣了一下後，終於回過神來，由那個只有頭的妖怪和沒有頭的學姐帶隊，朝著半空中的偑和虐飛了過去，誓要擊殺這兩個從來沒看過，又不把自己放在眼中的無名

妖怪。

「小公主，這是倆送給妳的玩具，好好玩啊～」

「真的？」

聽到倆這樣說，虐的雙眼都發出了一閃一閃的光芒。她轉頭對底下那些飛向他們的群妖露出了笑容，以及兩顆很漂亮的小虎牙。

下一瞬間，就是殘酷虐殺的開始。

虐先是瞬間閃現到妖群之中，伸出雙爪，在半空中開始自轉。她旋轉的速度極為飛快，就好像一臺果菜汁機一樣，一瞬間就將一大票妖怪捲了進來，輾成腥紅色的血龍捲！

看見這一幕，那個沒有頭的學姐再度發出悽厲的慘叫。可是沒想到，這竟然讓她成為下一個遭殃的對象。

虐再度瞬間移動到學姐的面前，對著學姐雄偉的胸部露出厭惡的表情。

「我最討厭胸部比我大的女生了！去死去死去死！」

語聲未落，虐的口中噴出了熊熊烈火，將學姐烤成焦黑的妖怪 BBQ！接著，虐又抓住學姐的身子，回頭把她塞進壽司捲妖怪的嘴裡，然後再度施展剛才的龍捲風絕技。整條壽司捲一下子就被虐攪得亂七八糟，連裡面的壽司餡都噴了出來，讓現場降下一場混著黑色和暗紅色的不祥之雨。

虐已經站在地面上了。她閉著眼睛，任憑這場腥風血雨淋在自己的身上，露出享受的笑容。降雨停止之後，虐才伸出長得不成比例的舌頭，把自己臉上的汙穢全部掃進口中吃了下去。

然後，虐緩緩的睜開雙眼，露出開心的笑容，看著其他呆若木雞、噤若寒蟬的妖怪。

「你們，還要讓本公主玩得更～開～心～唷！」

虐的嘴角，微微上揚。

倔抬頭看著天空。對於虐的變態虐殺興趣，他不是很感興趣，但他也沒有想要阻止，畢竟小公主除了是黑龍座下專司「恐懼」的大妖以外，更是主人的獨生女兒。

愛玩就讓她去玩吧！

⊕⊕⊕　⊕⊕⊕

大約一個小時的時間過去，虐慵懶的躺在一具具支離破碎的妖怪屍體堆中。經過了一段慘無妖道的殘酷虐殺以及血腥的沐浴之後，虐的皮膚感覺更顯光滑。然而，她臉上的表情卻非常的不滿足。

「不好玩不好玩，偶～下來陪人家玩嘛～」

偶其實已經曬太陽曬到神遊去了，聽到虐嬌滴滴的呼喚，他才回神。低頭看著底下的人間……不，「妖間」煉獄般的場景，他只是苦笑著搖搖頭，然後慢慢的降落在虐的身邊。

「小公主，我們……」

「啪擦！」

偶的話才說到一半，虐突然像是日本傳統妖怪中的「裂嘴女」一樣，張開了血盆大口，一口就將偶的頭吞了下去！這心理變態的妖怪在吃掉偶的當下，似乎更加興奮，很快便一口又一口的想把倆剩下的身體全部吞進肚子裡。

只不過虐才吃到一半，倆就從另外一邊現身，而虐正在吃下去的則是一具妖怪的屍體——剛才瞬間被倆替換過來的。

「小公主，我們去別的地方玩吧！」倆整理好西裝，面帶微笑的對虐說著。

虐把那破碎的玩意兒隨手一拋，耍賴的跳到倆的背上，任性的說：「揹人家，人家懶得飛～」

「是是是～」倆苦笑，因為就連這點，都跟他腦子裡的藤原綾很像。

「藤原綾又是誰？」在倆背上的虐問著，而她的右手手指已經完全沒入倆的耳朵，看來是因為這樣，才可以窺探倆的腦海想法。

「一個白爛女人。」

「長這麼醜你還會想她？討厭討厭討厭！」

倆很無奈的笑了笑，回頭對虐說：「乖啦，小公主。遲早有機會能幹掉她的。我們現在還有些別的事情要處理。」

「什麼事情啊？」

儡笑了笑，但他沒有馬上回答虐的這個問題，只是揹著虐，兩個人慢慢的朝著下個目標所在的方向走去……

「要弄具新的身體，方便行事呀！」

《現代魔法師04》全文完

敬請期待更精采的《現代魔法師05魔法師之全球通緝令》

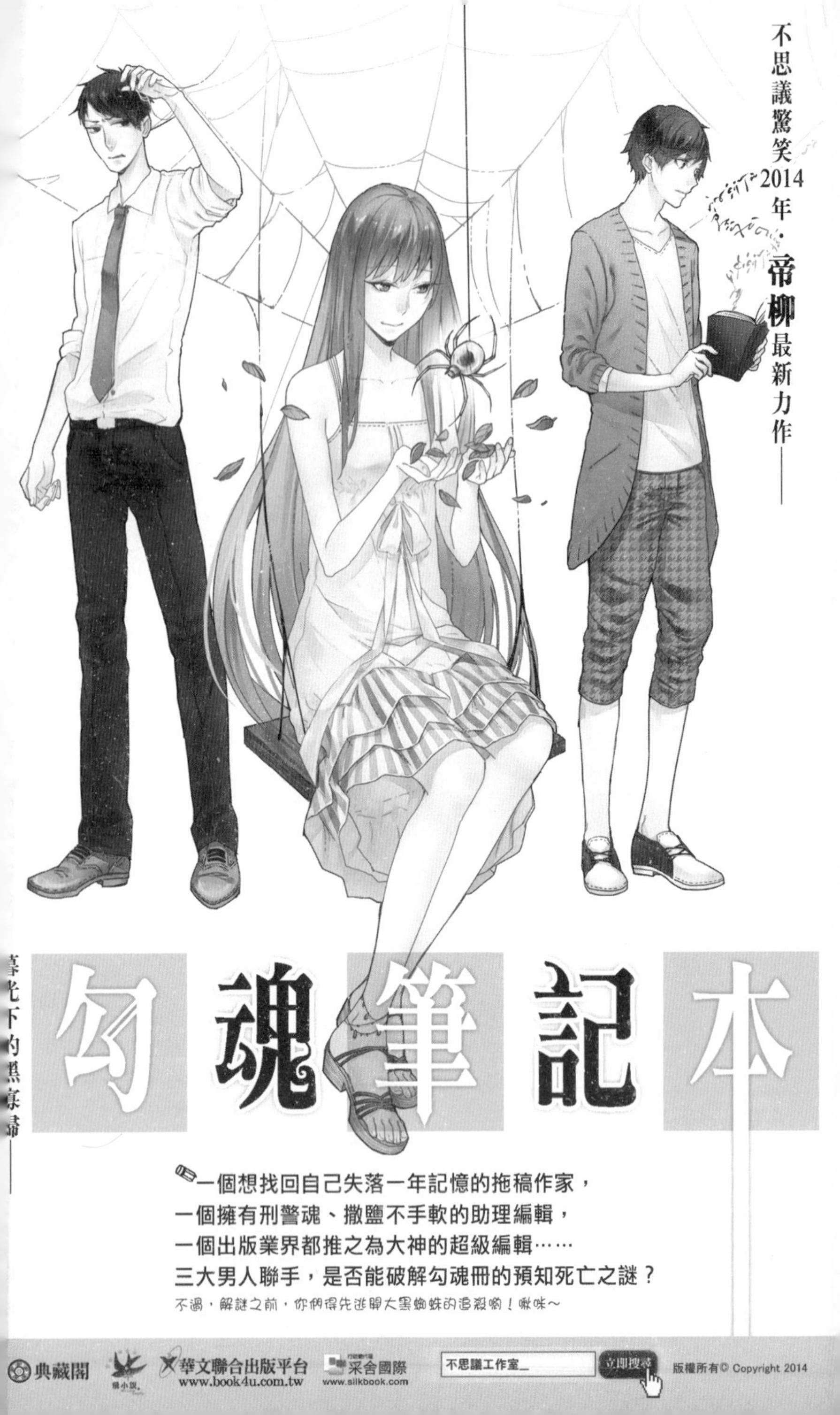
不思議驚笑2014年・帝柳最新力作——
勾魂筆記本
一個想找回自己失落一年記憶的拖稿作家，
一個擁有刑警魂、撒鹽不手軟的助理編輯，
一個出版業界都推之為大神的超級編輯……
三大男人聯手，是否能破解勾魂冊的預知死亡之謎？
不過，解謎之前，你們得先逃脫大黑蜘蛛的追殺喲！啾咪～
典藏閣
華文聯合出版平台
www.book4u.com.tw
采舍國際
www.silkbook.com
不思議工作室_
立即搜尋
版權所有© Copyright 2014

飛小說系列083

現代魔法師04

魔法師的修羅地獄

出版者■典藏閣
作　者■佐維　繪　者■Riv
總編輯■歐綾纖
製作團隊■不思議工作室
郵撥帳號■50017206采舍國際有限公司（郵撥購買，請另付一成郵資）
台灣出版中心■新北市中和區中山路2段366巷10號10樓
電　話■(02)2248-7896　傳　真■(02)2248-7758
物流中心■新北市中和區中山路2段366巷10號3樓
電　話■(02)8245-8786　傳　真■(02)8245-8718
ＩＳＢＮ■978-986-271-441-6
出版日期■2014年1月
全球華文國際市場總代理／采舍國際
地　址■新北市中和區中山路2段366巷10號3樓
電　話■(02)8245-8786　傳　真■(02)8245-8718
新絲路網路書店
地　址■新北市中和區中山路2段366巷10號10樓
網　址■www.silkbook.com
電　話■(02)8245-9896
傳　真■(02)8245-8819